UnRead
–
文艺家

# GOOD MORNING, MIDNIGHT

*Lily Brooks-Dalton*

〔美〕莉莉·布鲁克斯—道尔顿——————著　　袤宁——————译

北京联合出版公司
Beijing United Publishing Co.,Ltd.

致

戈登·布鲁克斯

我奋力挣脱黑暗，缓慢地，苦痛地，
我在那里，他也在那里……

——琼·里斯

# 一

日光终于回到北极圈，将灰蒙蒙的天空染上炽烈的粉红色纹路。奥古斯丁站在屋外，等待着。过去的这几个月，他不曾感受过天光抚摸脸颊。玫瑰色的光辉在地平线上蔓延，渗入冰蓝的冻原，扫过雪丛，投下靛青色的阴影。曙光升起，有如一面烈烈燃烧的火墙，柔和的粉红色渐变为橘色，又化为绯红色，一层一层地燃尽厚重的云彩，直到整个天空都燃烧起来。他沉浸在这片静谧的柔光之中，肌肤隐隐刺痛。

天空在入春后仍阴沉沉的，倒是不太寻常。这座天文台选址在此，看重的正是这里晴朗的天气、极地稀薄的大气层，以及科迪勒拉山脉的高海拔。奥吉[1]走下天文台外的水泥台阶，沿着峭

1 奥古斯丁的昵称。

壁旁开凿的小道，走向坐落在山脉斜坡上的附属建筑群，从中穿过。当他走过最后一幢建筑时，太阳已经开始沉落，色彩也渐次褪去。昼夜匆匆交替，前后不过十分钟，甚或更短。被积雪覆盖的峰峦连绵起伏，一路奔向北边的天际。低缓平坦的莽莽冻原则向南边无限延展。心情舒畅时，这片单调而广袤的景色令他怡然自得；心情低落时，他则陷入疯狂。这片土地对他漠不关心，他却无处可去。他甚至不知道今天是什么日子。

以前过另一种生活时，环境也经常令他感觉格格不入。每逢产生这种感受，他便会用软革行李箱打包好一切，重新找一个去处。这个行李箱并不算大，但整齐地摆放着他的生活必需品，还留有一些额外空间。他从来不需要搬家卡车、气泡布或是欢送会。当他决定要走，不消一个星期便会离开。研究生毕业后，他先是在智利北部的阿塔卡马沙漠担任研究员，初涉死亡恒星的研究，后前往南非和澳大利亚，以及波多黎各、夏威夷、新墨西哥等地——他追随着最先进的望远镜和最庞大的卫星阵列，它们有如面包屑一般散落在世界各地。尘世的干扰越少越好。对奥古斯丁而言，向来如此。

大洲与国家对他而言毫无意义；能令他动容的只有天空，只有大气层另一侧的那些事物。他恪守职业道德，自信满满，取得过开创性的成就，但并不满足。他从未满足过，以后也永远不会。他渴望的不是成功，也不是一时的名声，而是名垂史册：他想要像切开一个熟透的西瓜那样解密宇宙，赶在同事之前排列好乱糟糟的瓜子，让他们瞠目结舌。他想用自己的双手握住多汁的红色果肉，量化永恒的本质，回望时间的初始，一瞥世事的源起。他希望被铭记。

然而，已经七十八岁的他，现在却在这里，站在北极群岛之巅，立于人类文明的边缘——毕生工作将至尽头，他却只能注视着自己的无知，满脸苍凉。

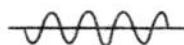

巴伯[1]天文台建造于此，成了山脉的延伸。钝重的望远镜从穹顶内赫然伸出，傲视方圆数英里内的所有事物，像个看守人一般审视着绵延的山脉。向南约一英里的地方，有一条飞机跑道和一座停机库。那里的冻原被一辆从格陵兰岛空运过来的推土机填实、铺平，用反光的橘色旗帜标记出来，沿线的地灯已经不亮了。停机库空空如也，跑道也已荒废。最后使用跑道的几架飞机来这里接走了基地的研究员，而一年多以前从文明世界传来的最后一条消息，与战争有关。

基地中储藏的物资足够十几个研究员驻守九个月：有一桶桶的燃料、非易腐食品、净化水、医疗用品、枪、渔具、越野滑雪板、带钉防滑鞋和登山绳。对奥吉而言，这里的研究设备多到用不过来，接收的数据几辈子都处理不完。对于现状，他还算满足。天文台位于基地正中央，周围是分散排列的宿舍、储物间和

1 巴伯峰（Barbeau Peak），加拿大努纳武特地区（Nunavut）埃尔斯米尔岛（Ellesmere Island）的最高点。

娱乐室。基地中要数天文台的结构最为坚固——毕竟，里面的超级望远镜是其他一切存在的原因。环绕天文台的附属建筑简直完全称不上是建筑——更像是一座座为了吃喝、睡眠和储藏而搭建的防风挡雨的帐篷。巴伯的标准科研奖学金项目持续时间为六到九个月，但在人员撤离前，奥古斯丁已经在这里待了将近两年，现如今都快三年了。项目吸引了一批勇敢的年轻人，他们大多刚读完博士，迫不及待地想赶在学术生涯彻底禁锢自己的人生之前挣脱它的束缚——哪怕只是短暂的一阵子。奥古斯丁瞧不起这些书堆里的研究员：只晓得一大堆理论，却少有甚至毫无实用技能。不过话说回来，要找出一个他不鄙视的人，于他而言也是难事。

他眯着眼睛望向地平线，透过厚重的云层只能依稀分辨出下沉的太阳，被科迪勒拉山脉参差不齐的轮廓线切成两半。这会儿已是三月下旬，正午刚过，极夜终于离开了这片荒凉的土地，白日将逐渐延长。刚开始是缓慢的，每次只有几个小时的阳光在天际线处窥探着。然而很快，子夜太阳[1]便会冉冉升起，让群星暗淡无光。待明媚透亮的夏日过后，他将迎来被暮色笼罩的秋天，然后是冰蓝沉黑的冬天。但此时此刻，他想象不到比眼前更令人快慰的景色了：夕阳柔和迷蒙，栖息在地平线附近，光芒流溢，洒落在低洼的冻原之上。

奥古斯丁在密歇根州长大，那里的冬天来得温柔轻悄：初

---

1 子夜太阳（midnight sun），南北极圈极昼期间午夜可见的太阳。

雪如粉似末，雪堆轻柔绵软，冰锥子生得长而尖利，末了便开始滴答滴答地融化，流淌成一股清泉。而在这里，一切都坚硬无比，荒凉无比。不曾消融过的巨大冰架，从未解冻过的大地，一切有如钻石锋利的边缘那般无情。午后的天空，余晖渐渐退去，他看到一头北极熊横跨一道山脊，奔向海洋狩猎。奥吉希望自己能钻进它那厚实的皮毛里，将自己缝进去。他想象那会是一种怎样的感受：顺着长长的鼻腔，低头看到像主餐盘一般大小的爪子，躺下滚来滚去，感受千磅重的肌肉、脂肪和皮毛紧贴着冻土。从冰孔里一把抓出一只环斑海豹，用力一掌将它拍死，将牙齿埋进它的血肉，撕咬热腾腾的脂肪块，然后蜷在洁净纯白的雪堆里，心满意足地入睡。无须思考，只需本能。有的只是饥饿与困倦。赶上合适的时节，则还有欲望。但永远没有爱，既不会怀有愧疚，也不抱任何希望。仅是一只只图生存、不求反思的动物。想到这里，奥古斯丁感到好笑，但他没有嘴角上扬的习惯。

对于爱，他并不比北极熊懂得更多。他从未理解过。从前，他曾依稀感受过比爱程度稍弱的情感——羞愧、遗憾、怨恨，抑或嫉妒——但每每如此，他便会仰望天空，让敬畏之感冲刷掉先前的情绪。只有宇宙才能激发他内心磅礴的感情。或许，他感受到的是爱，只是他从未有意识地称之为爱。他废寝忘食、一相情愿地眷恋着的，是交织着虚空与完满的整个宇宙。没有余地也没有时间浪费在一个相形失色的情人身上。他宁愿如此。

他最后一次对人产生爱恋已是很久以前的事情了。那时他三十多岁，还在新墨西哥州索科罗市的研究所工作，他让一个顶聪明的漂亮女人怀上了孩子。她也是科学家，正在写博士毕业论文。奥古斯丁第一次见到她时，觉得她真是美得无与伦比。当她告诉他怀孕的消息时，他想到他们俩的孩子，感到一星温暖的火花升起，像是六十亿光年外一颗新星诞生时的那一刹闪烁，确凿无疑，美丽万分，可在抵达眼前时却已衰微，不过是一道余晖罢了。所以这并不足够。他试图劝那个女人打掉孩子，但遭到拒绝，之后他便离开了北半球。他在赤道以南生活了很多年，对于这个没有能力去爱的孩子，他受不了离她太近。很久之后，他终于费尽心机地打探到孩子的名字和生日。她五岁那年，他给她寄了一架昂贵的业余天文望远镜，六岁那年送的是一颗天球[1]，七岁那年送的是卡尔·萨根[2]签名的第一版《宇宙》。下一年，他忘记了她的生日，但在她九岁和十岁生日时，给她寄了很多有关实用天文学的学术巨著。再后来，他与女儿断了来往，与她母亲也失去了联系。他曾在多个研究所任职，那块月岩标本是他从其中一个研究所的地质部连哄带骗弄来的，作为十一岁的生日礼物寄给了她，结果却被退返，标着“**查无此处**”。对此，他并不在乎，决定不再深究。这场寄送生日礼物的游戏本就不明智，是他清醒、理智的生活中偶尔感情用事的一段小插曲。此后，

---

1 天球（celestial sphere），天文学中为研究天体位置和运动而引入的假想圆球，根据天球中心的设置，分为日心天球、地心天球等。

2 卡尔·萨根（Carl Sagan，1934—1996），美国著名天文学家、天体物理学家、宇宙学家、科幻科普作家，行星学会的成立者之一。《宇宙》（*Cosmos*）是 20 世纪 80 年代享誉全球的电视系列节目《宇宙：个人游记》的同名书籍。

他便很少想起那个出色的女人和她的孩子了，直至最终彻底忘记了她们。

北极熊信步走向山脉的另一端，它的身影慢慢被大雪吞没，最终从视野中消失。奥吉缩进派克大衣连衣帽里，将拉绳系紧，收紧帽口。寒风凛冽，呼啸而过。他闭上眼睛，感受着鼻息里的薄霜，脚趾在羊毛袜和厚重靴子里麻木地移动着。他的头发和胡须在三十年前就已经雪白，但在下巴和脖颈间还残存着几丝顽固的黑色毛发，仿佛衰老过程只进行到一半就停滞不前了。他已经老迈，比起出生，更接近死亡，已经无法像从前那样走得太远或是站立太久。然而，在那个冬天，他觉得自己异常衰老、枯朽，仿佛开始萎缩，脊椎慢慢弯曲，浑身的骨头也缩聚成一团。他开始失去时间观念，尽管这在无尽的漆黑冬夜也无可厚非，但他的思考也逐渐散失了。他像是从一场梦境中醒来，不确定片刻之前自己在想些什么，走过哪些地方，又做过些什么。他试着想象自己作古之后，艾莉丝会怎样。然后他克制自己，试着不去在乎。

当他回到控制塔时，天空中的颜色已经褪成一片晦暗的深蓝。他用肩膀使劲儿抵开沉重的钢铁门。比去年更费力了。随着季节的轮转，他的身体似乎越来越脆弱了。他身后的门被大风吹得猛然关上。为了节省燃料，他只开了天文台顶楼的暖气。那是一个长长的房间，里面放着他最宝贝的仪器，也是他和艾莉丝睡觉的地方。低楼层及附属建筑群中一些能让生活更舒适的物品也被搬来这里：两个感应电磁炉，用睡袋和高低不平的单人床垫做成的睡铺，一套不完整的餐盘、锅子和刀具，以及一个电热水壶。奥吉每向上爬一步，都不得不休息一下。爬上三楼后，他关上身后楼梯间的门，以保持室内温度。他慢慢脱下层层冬衣，一件一件挂在墙上一长排挂钩上。对一个孑然一身的男人来说，那些挂钩未免太多了。他把两只手套分配给两个挂钩，脱下的围巾也挂了上去，将衣物铺开挂在衣帽架上。也许这么做是为了让房间看起来不那么空旷——让周围空间布满自己的痕迹，这样一来，叫嚣着的孤独仿佛被冲淡了不少。另一头挂着几件法兰绒衣物，也就是一条长衬裤和几件厚毛衣。他努力解开派克大衣上的棒形纽扣，拉开拉链，将大衣也挂了上去。

他没见着艾莉丝。她很少说话，但偶尔会轻轻哼唱自己创作的小曲儿，旋律似乎与穹顶外呼啸的风声遥相呼应，仿若一支大自然的管弦乐曲。他驻足聆听她的动静，但杳无声息。大多数时候，奥古斯丁看不到她，因为她没有移动，所以他仔细检视房间，寻觅她微微眨动的眼睛，追寻她低柔的呼吸声。天文台里只有他们两个人，还有望远镜和冻原。差不多一年前，最后一批平民研究员被转移到最近的军事基地，又从那里飞回家乡与家人团聚。外面的世界正在发生毁灭性的灾难，但所有人的说辞都仅限于此。其他研究员没有向救援人员询问具体情况，他们只是匆忙收拾好一切，遵循着救援团队的指挥。但奥古斯丁不想离开。

在大家打包研究所的东西之前，来此转移科学家的空军部队让大家在所长办公室集合。上尉报出所有研究员的姓名，指示他们何时及如何登上等候在跑道上的“赫克”飞机。

“我不走了。”奥古斯丁被叫到时这么说道。其中一个军人笑了起来。科学家当中则响起叹息声。起初，没人把他的话当真。但奥古斯丁并不打算改变主意。他不想像牲口一样被赶上飞机——他工作在这里，生活在这里。就算没有其他人，他也能照样过下去，等一切准备妥当，他自然会离开。

“不会再有回程了，先生，”上尉已经有些不耐烦了，“任何留在基地的人都会被困在这里。你要么现在就跟我们一起走，要么就永远别想离开。”

“我知道，”奥古斯丁说，“我不走。”

上尉细察奥古斯丁的神情，看到的只是一个疯狂的老人，疯得都说胡话了。他有一副野生动物般的面容：裸露的牙齿、直立的面部毛发与直勾勾的眼神。上尉有太多事情亟待处理，没时间与不讲道理的人争论。有太多人需要担心，太多仪器需要运输，却没有太多时间。他忽略奥古斯丁，结束了会议。解散后，趁其他研究员慌里慌张收拾东西的间隙，他将奥古斯丁拉到一边。

“洛夫特豪斯先生，”上尉语调平静，但明显没好气地说道，“这是个错误的决定。我不会强迫一位老人家上飞机，但你相信我，这可不是开玩笑。不会再有回程了。”

“上尉，”奥古斯丁甩开这个男人搭上来的手，“我明白。现在，你给我滚开。”

上尉摇摇头，看着奥古斯丁昂首阔步离开，猛地关上所长办公室的门。奥古斯丁退避到天文台的顶楼，站在朝南的窗前往下看。其他科学家拖着背包和行李箱在帐篷和附属建筑之间来回奔忙，手里捧满了书本、仪器和纪念品。几辆荷载过重的摩托雪橇在山地间上下穿梭，时而加速，时而减速，开往停机库。奥吉看着这一切。科学家们开始慢慢下山，走向跑道，直到只剩下他一人。

停机库建在冻原上目力不及的凹陷处，飞机从那里起飞，奥古斯丁看着它消失在苍白的天空中，发动机的隆隆响声也随悲号的冷风消散。他站在窗前良久，任由孤独感在意识中沉淀。最后，他转过身，背对着窗户，环视控制室。他把同事们遗留下来的工作推到一边，重新调整空间来适应自己的生活，只有他一个人的生活。“不会再有回程了”，上尉的话在突如其来的静谧中回响。他努力消化这样的现实，试着理解这句话的真正含意，但这个想法有点过于确定，过于壮烈，不宜深想。真相是，没有人为奥古斯丁守候，他也无处可回。这样的事实，无须提醒他就心知肚明，至少在这里是如此。

直到一两天后，他才发现艾莉丝。她藏在一间空宿舍里，蜷缩在一个裸露的下铺床垫上，像一件被遗忘的行李。他眯眼盯着她看了一会儿，简直不敢相信自己的眼睛。她这么小，大概八岁的样子，奥吉不太确定。她那几乎深黑的头发打着卷儿团簇着，垂落在她瘦弱的肩膀上。她有一双圆溜溜的浅褐色眸子，好像同时看着很多方向，周身不动声色地防备着，像一只警觉的动物。她一动也不动，他差点儿以为她是光下的幻觉，接着她动了一下，床铺的金属框架在她身下嘎吱作响。奥古斯丁揉了揉太阳穴。

“开什么玩笑，”他自言自语，“起来吧。”他轻轻挥手，转身离开。她一言不发，跟着他回到控制室。在烧热水时，他丢给她一袋果脯和坚果，她全都吃了。他又泡了一包速溶燕麦粥，她也吃完了。

“这太荒唐了。”他喃喃道。而她依旧沉默不语。他递给她一本书，她一页一页翻着，他也不晓得她有没有在读。奥古斯丁埋首于自己的工作，试图忘掉这个来历不明、令人为难的小女孩，他甚至想不起来是否曾经见过她。

肯定有人会想起她，这毫无疑问——随时会有人回来带她走的。肯定是因为救援时慌乱，产生了什么误会，才导致她被遗忘在这里：“我以为她跟你在一起。”“什么？我以为她跟着你呢。”然而，直到夜幕降临，也没有任何人回来。第二天，他向位于埃尔斯米尔岛最北端的阿勒特军事基地发起无线电通话，但是毫无回应。他又扫描了其他频率——所有的频率——当他扫描频谱时，一阵恐惧袭遍全身。业余无线电波沉寂无声，紧急通信卫星发出空频的嗡嗡声，甚至连军用航空频段都毫无声息。就好像这世界上的无线电发射台一个也不剩了，抑或再没有任何人使用它们了。他继续扫描，还是一无所获，有的只是静电声。他告诉自己，这是因为故障干扰，比如一场风暴。他明天再试。

可那个女孩呢——他完全不知道该怎么办。问她问题时，她只是带着疏远的好奇表情盯着他，仿佛他们之间有道隔音窗户。她似乎是空洞的：一个虚无缥缈的女孩，头发凌乱，眼神严肃，不会说话。他像对一只宠物那样对待她，因为除了带着笨拙的善意，把她当成另一个物种来对待，他也不知道还能怎么办。吃饭的时候，他也喂她食物；想说话的时候，他就对着她说。带她去散步，给她东西把玩或是研究——对讲机、星座地图、在一个空抽屉里找到的发霉的百香花香囊，还有一本《北极野外指南》。他尽力而为，虽然他知道还不够好，但她终究不是自己的孩子，他也不是那种会收养孤儿的人。

那个昏暗的午后，太阳升起后又再次沉落，奥古斯丁找遍了她所有常待的地方：像只慵懒的猫咪一样藏在睡袋下面，坐在一把带轮子的椅子上旋转，在桌边用一把螺丝刀拨弄一台损坏的DVD播放机的内部，透过肮脏的厚玻璃注视绵延无尽的科迪勒拉山脉。哪儿都看不到她，但奥古斯丁并不担心。有时候她会躲起来，可只要他不在身边，她便不会走得太远，总是不一会儿就会出现。他由着她藏在躲猫猫的地方，让她保留着自己的秘密。这儿没有洋娃娃，没有图画书，没有秋千，也没有一件能称得上是属于她的东西。只能让她有所保留，这样才公平。此外，他提醒自己：他其实真的不在乎。

已经连续数周漆黑一片了，距人员撤离也将近两个月了。在某个漫长的极地冬夜，艾莉丝打破沉默，问了奥古斯丁一个问题。

“还要多久天才会亮？”她问道。

除了那些他已渐渐习惯的稀奇古怪的哼声，这是他第一次听到她的声音——她望向控制塔的窗外，喉咙深处发出幽长而颤抖的音调，像是在用另一种语言描述着他们所处荒凉环境的微妙变化。在她终于开口说话的那天，她的声音好似一句沙哑的低喃，比他想象中的要更低沉，也更自信。他曾怀疑她不会说话，或者她说的是另一种语言，但她毫不费力、清清楚楚地说出了这个句子，带着美式或是加拿大口音。

“快了，我们差不多过了一半了。”他告诉她，并没有因为她突然发问而有什么特别的反应。她点点头，同样神色如常。她继续咀嚼当作晚饭的肉干，双手握着肉干条，扯咬了一大口，像只刚学会使用牙齿的猛兽幼崽。他递给她一瓶水，思索着一直想问她的一大堆问题，但又意识到其实并没有太多想问的。他问她叫什么名字。

“艾莉丝。”她回答，目光依旧停留在黑漆漆的窗户上。

“很好听。”他评论道。她朝玻璃上自己的倒影皱了皱眉。那话不是他从前常常说给可爱的年轻姑娘听的吗？她们通常不是很喜欢的吗？

“你的父母是谁？”过了一会儿，他又大胆问道。这个问题他当然早就问过，但还是忍不住再问一遍。也许这样就能解开她出现于此的谜团，弄明白她到底是哪个研究员的孩子。她目不转睛地盯着窗外，继续咀嚼着。那天她没再继续说话，第二天也是。

随着时间的流逝，奥古斯丁开始感激她的安静。她是个聪明的小家伙儿，而比起其他的一切，他最看重智慧。他想起最初发现她时，自己发出可怕的咆哮，一边扫描无线电频段，一边期盼有人会打破这凄清的沉寂，回来接走她，让他重获安宁。那时他还在纠结“该怎么办”以及“为什么会这样”——频段没有回应，她还在这儿，诸如此类种种问题。她倒是已经接受现实，开始适应起新的生活了。对于她的存在和沉默，他曾感到心烦意乱，但如今已经好些了。一股欣赏之情逐渐生根，他不再介怀那些没有答案的问题。当漫漫长夜铺满山巅，唯一紧要的问题便是她问的那一个：这黑暗还会持续多久。

“如果我告诉你，那颗星星其实是一颗行星，你会怎么想？”，有一次，奥古斯丁的母亲曾指着天空这样问他，“你会相信我吗？”他迫不及待地回答：是的，是的。他相信她。她夸他是个好孩子，是个聪明的孩子，因为屋顶上空的那个闪亮白点正是木星。

奥古斯丁从小就敬爱他的母亲，直到后来他才渐渐明白，自己的母亲跟住在同一条街上的其他母亲不一样。他因她的兴奋而喜悦，也因她的悲伤而失落——他全心全意追随着她的情绪，像一条诚恳的宠物狗。他闭上眼睛，看到她打着卷儿的棕色发间点染着几缕灰色，随意抹在唇上的紫红色唇膏。那颗最明亮的星星悬在密歇根街区的上空。当她指向那里时，眼中充满了敬畏的光芒。

要是那个聪明的乖男孩发现自己深陷如此恶劣的境地，除了有个年迈陌生的照料者作陪外，孤苦伶仃，他大概会哭泣、尖叫或是急得跳脚。奥古斯丁从来都不是一个特别勇敢的孩子。他也许会装模作样地逃跑——准备一些补给品，朝荒无人烟的远处行进，想回到自己的家，却不得不在几个小时后折返。要是小奥吉被人告知，他已无法回家，再也得不到母亲的安抚，这世上再没有任何人能与他做伴，他会怎么办呢？

奥古斯丁仔细打量着他的小伙伴。如今他已老迈，总是陷入回忆。以前他从来不会回想过去，但不知何故，冻原将从前的一切带回眼前，那些他以为早就遗忘的经历又都重新鲜活起来。他回想起他任职过的热带天文台、抱过的女人、写过的论文，以及做过的演讲。曾经，他的讲座能吸引成百上千人。讲座结束后，会有一群崇拜者等着问他要签名——**他的个人签名啊！**过去的成就如幽灵般萦绕在他心头，性爱、成功和科学发现，在那时似乎别具意义。而现在，一切都不重要了。巴伯天文台外的世界安安静静、空空荡荡。或许，那些女人都已死去，所有论文都已烧成灰烬，那些礼堂和天文台也都成了一片废墟。他曾一直幻想，在他辞世后，大学课堂会教授他的科学发现，后世的学者也会世代撰写相关论文。他曾幻想自己遗留在世的东西会传承数百年。这样一来，他个人的生死便显得无足轻重了。

他好奇艾莉丝是否会回忆从前的生活，是否怀念那样的生活，是否明白那已经不复存在了。某个地方的房子，也许有个兄弟或姊妹，或是两者都有，父母，朋友，学校。他想知道她最想念的是什么。漫漫长夜即将到头时，他们一起在研究基地附近散步。一层新下的雪末在结实的雪地上打着旋儿，他们蹒跚着从上面走过。月亮低垂，照亮他们前行的道路。他们都穿着最保暖的衣服，裹进厚厚的派克大衣里，就像壳里的蜗牛一样。艾莉丝的围巾裹住了她的鼻子和嘴巴，遮住了她的神情。奥古斯丁的眉毛和睫毛都结上了冰丝，目力所及之处尽是模模糊糊的光亮。艾莉丝突然停住脚步，戴着肥大连指手套的手指向天空。就在他们头顶的正上方，北极星绚烂闪耀。他随着她的目光向上看。

“北极星。”她说道，声音被围巾捂住了。

他点点头。她已经继续前行。这不是一个问题，而是一句陈述。过了一会儿，他跟了上去。他第一次真心高兴有她做伴。

当初奥吉选择留在天文台时，跟踪数据、记录恒星序列这些工作看起来那么重要。人员撤离后，无线电频段也没有反应了，他认为继续观测、编目以及相互参照数据变得比以往任何时候都更重要。工作的建设性和重要性，成了他与疯狂之间仅剩的薄薄阻隔。他努力让自己的大脑以其惯常的方式运转。尽管他的大脑受训去认识宇宙带给人的震撼，但文明终结带来的震撼对他而言还是太过沉重了。这比他从前思考的任何东西都要陌生、都要宏大：人类的灭亡。他毕生的工作成果被抹除殆尽，他需要重新审视自己的重要性。因此，他继续投身于外太空源源不断涌入的宇宙数据中。天文台外面的世界已经死寂，但宇宙不是。起初，是望远镜的技术保养、数据存档程序的维护以及艾莉丝安静又冷淡的存在让他没有发狂。艾莉丝似乎没有受到影响，很容易就沉浸在一本书、一餐饭以及冻原的景色中。他的焦虑对她毫无影响。最后，他不得不努力接受现实，逐渐平静下来。接受徒劳的事实，而后超越它。

他不慌不忙，反正没有截止日期，也望不到尽头。数据接收稳定，没有受到干扰。为满足自己的好奇心，他重新调校了望远镜的镜头，并频繁待在户外，在被深蓝色笼罩的漫漫长夜里，漫步于被遗弃的基地建筑物之间。他把需要用到的所有东西都搬到了控制楼顶层，每次运一件。他一个接一个地拖着床垫，穿过雪地，拖上楼梯。艾莉丝跟在他身后，拖着一箱厨具。他停下休息时，回头望去，发现她做得不错。她是个强壮的小家伙儿，也非常坚强。他们一起把生存必需品从宿舍搬到三楼，之前那里只有书桌、计算机和装满纸张的文件柜。他们搬来了大量的罐头和冷冻干粮、瓶装水、发电机燃料和电池。艾莉丝顺走了一副扑克牌。奥古斯丁从宿舍里抢救出一个棕褐色的地球仪，夹在胳膊下面。黄铜转轴隔着派克大衣厚实的羽绒抵着他的肋骨。

三楼对他们二人而言足够大了，但他们搬进来时，这里的脏乱程度令人惊诧：没用的老旧机器、阐述早就被推翻的理论的陈旧论文，以及翻烂的《天空与望远镜》[1]过刊。奥古斯丁试图找个空地方放地球仪，却没找到，便把它放在地板上。他费力地打开一扇沉重的窗户，毫不客气地把一台老旧、积灰的计算机显示器丢了出去。艾莉丝从她铺睡袋的地方跑过来，望向窗外的残骸，一些黑不溜秋的碎片四散在洁净的雪地上，还有一些正滚下山去。她静静地望着他，眼神中露出疑惑。

“垃圾。”奥吉说道，然后把棕褐色地球仪放在之前显示器占据的地面上。它放在那里显得雅致，在一片科学的遗迹中显得美好。等月亮升起后，他会外出收拾碎片，但是把显示器那样丢出去的感觉不错。这是一种小小的释放。他拿起用鼠标线缠绕的配套键盘，走到窗边，递给艾莉丝。他们之间配合得行云流水，她一接过来就像扔飞盘那样把它丢进深夜。他们一齐探出脑袋，伸进刺骨的冰冷空气里，看着它在夜色中翻滚，直至消失不见。

太阳再次出现后，他们俩走过附属建筑群去看日出和日落。刚开始，整个过程花费的时间不长。太阳从地平线下升起，露出一道柔和的浅橘色弧线，昭告自己的来临，而后给冻原铺满热烈的粉红。太阳刚刚照耀到积雪的山巅，便开始下沉，将天空染上

1 《天空与望远镜》（*Sky & Telescope*），美国发行的天文学月刊，1941 年由查尔斯·A. 费德勒（Charles A. Federer）和海伦·斯彭斯·费德勒（Helen Spence Federer）创办。

层层叠叠的紫罗兰色、玫瑰红和冷蓝色，仿佛一块夹心蛋糕。在附近一处山谷里，奥古斯丁和艾莉丝看到一群麝牛。它们每天都回到这里，拱开积雪找草吃。虽然从奥古斯丁和艾莉丝坐着的地方看不见草的痕迹，但奥古斯丁知道那里有草。秸秆般的草茎从雪中矗立出来，或是刚好被埋在雪下。麝牛体形巨大，毛茸茸的外皮上垂满了厚厚的发绺，几乎垂到地面。弯曲的长犄角指向天空。它们看起来很古老，几乎像史前动物，仿佛早在人类学会双足站立前，它们就已经在这里吃草了。男人和女人建造的城市被摧毁后复归尘埃，它们还是会继续在这里吃草。艾莉丝被这群麝牛深深吸引了。日子一天一天过去，她说服奥古斯丁坐得离它们近一些，默默地拖着他向前。

过了一些时日，太阳每次在天空中会多逗留几个小时，奥古斯丁对这些动物有了新的想法。他想起天文台里的小型武器，他从未使用过那排猎枪。在无休无止地吃了近一年寡然无味的食物之后，他便想念起鲜肉的味道。他想象自己屠杀其中一只毛茸茸的生物，切掉里脊和肋骨，解剖器官，剥离骨肉，但只是想象也无法忍受。他会作呕。他太虚弱了，无法承受这样的血腥和暴力。但是，倘若他们的物资用尽了呢，那时他是否就能忍受了呢?

他努力想象艾莉丝在这里的未来，但这让他感到绝望，无能为力，疲惫不堪。还有别的情绪——愤怒。他愤怒，是因为这样的责任竟然落在他的肩上，无法抛诸脑后，也无法转交他人。他愤怒，是因为他其实很在乎，尽管他竭尽全力不让自己这样。生存的困境如此令人讨厌，他宁愿什么也不想。他更愿意欣赏太阳落山渐变的轨迹，然后耐心等待星星出现。一道银光忽然从群山后方升起，飞速移动着，闪亮无比，看样子不像是一个天体。奥吉看着它以四十度角飞入渐深的黑蓝夜色中。不一会儿，它蜿蜒滑向西南天际线，他才意识到，那是仍在轨道上运行的国际空间站，依然向被黑暗笼罩的地球反射着太阳光。

## 二

苏利的闹钟显示现在是格林尼治标准时间早上七点，比休斯敦早五个小时，比莫斯科晚四个小时。在太空深处，时间没有太显著的意义，但她还是醒了。地面指挥中心为“以太号”宇宙飞船制定了精确的饮食起居制度，精确到分钟。尽管指挥中心已经无法敦促执行，但宇航员仍然坚持大部分的安排。苏利习惯性地抚摸了一下钉在床头软垫墙上那张孤零零的照片，然后坐起身。她将手指伸进黑色的长发，开始编辫子。自一年多以前旅程开始后，她就再也没有剪过头发。她一边编辫子，一边回味着刚刚做过的梦。除了生命保障系统持续的嗡鸣声和离心舱的轻柔旋转声，隔帘外的一切静谧无声。她刚登上这艘飞船时，它显得庞大无比，现在却像是迷失在大海上的最小号救生筏。它其实并没有迷失。他们清楚地知道自己要去哪里。离开木星才不过几天，“以太号”终于要回家了。

七点零五分，苏利听到黛维在旁边的隔间发出窸窸窣窣的声音。苏利麻利地穿上堆在床尾的深蓝色连身衣。她将拉链拉到一半，袖子缠绕在腰间，把睡觉时穿的灰色无袖汗衫掖进腰身。灯光刚刚亮起。亮度逐渐加强，模拟地球从容不迫的拂晓时分，泛着鱼肚白的黎明。分离式起居隔间渐强的照明是为数不多的类地体验之一，苏利确保自己每天清晨都能看到。可惜的是，工程师没有加上一星粉红或是半点橙黄的色调。

她的梦境萦绕不散。自从上周探测开始，她梦到的都是木星：庞大无穷的体形；大气层中旋转的图案；在氨晶体云层的环形湍流里翻滚的深色带和浅色条；色谱上的每一种橙色，从柔和的沙色区域，到炽热的朱红色气流；自转周期不到十小时，像陀螺一般旋转不停；不透明的表面在古老的风暴中沸腾与咆哮。还有它的卫星[1]！卡里斯托坑坑洼洼的古老表层、盖尼米德的冰层外壳、欧罗巴地下海洋的赭色裂痕，以及艾奥上火山爆发喷出的岩浆。

宇航员们端详这四颗伽利略卫星时，一股沉静的敬畏感油然而生。这是一种精神上的洗礼。鞭策他们进入太空深处的紧张感消失了——他们曾担心此次任务可能超出他们的能力范围，担心

---

1 木星最大的四颗卫星统称为伽利略卫星，由伽利略于 1610 年发现，分别是木卫一艾奥（Io）、木卫二欧罗巴（Europa）、木卫三盖尼米德（Ganymede）和木卫四卡里斯托（Callisto）。

失败后再也无法与地球取得联系，就此销声匿迹。然而，任务结束了，他们成功了。苏利和同事们成为第一批在太空中探索如此遥远之地的人类。不仅如此，木星及其卫星改变了他们，抚慰了他们，证明了他们是多么微小、多么纤弱，实在不值一提。“以太号”飞船上的六名宇航员似乎从地球上微不足道的生命中苏醒过来。他们不再局限于个人的往昔与记忆。他们抵达木星后，一层陌生的意识弥漫开来。就好像是在一间漆黑的房间里，灯光一打开，永恒暴露无遗，在摇晃的灯泡下端坐着，一丝不挂，华丽旖旎。

伊万诺夫即刻开始了他的工作，评估在盖尼米德上收集的岩石样品，撰写有关岩石内部结构和表层活动的论文。他在餐桌和健身自行车之间来回飘动，像个陷入爱河的男人。他习惯性地锁眉，现在却变得柔和，几乎平易近人。黛维和底比斯几乎忘却了飞船维护工作，他们挤到坚实透明的穹顶处，张望四周的深邃太空，消磨着时间，每次好几个小时甚至好几天。他们沉默地并肩欣赏眼前的景色。年轻的黛维一头长发，随便地扎了个辫子，浓密的眉毛下面生了一双大眼睛。而底比斯呢，黑色的圆脸被随和的微笑分成两半，露出参差不齐的牙齿。底比斯用流畅的南非口音称他俩凝望星辰的消磨为“遥望远景的重要时刻”。泰尔是此次任务的驾驶员和物理学专家，在经过壮阔的木星之旅后，他变得生机勃勃，在健身器材上花费更多的时间，只要有观众，就会表演失重状态下的杂耍，不停地说着脏段子。他的欢快富有感染力。指挥官哈珀则将自己的转变贯注于内心。他画下几天前从盖尼米德表层眺望木星深色风暴带时看到的景象。他一本一本地画，在他触摸的所有东西上留下星星点点的铅芯污迹。

苏利则把注意力集中在通信舱内。他们留在木星卫星上的探测器传输着遥测数据，苏利专注于此。除了吃饭和在指定时间骑健身自行车外，她把全部时间都投入到了工作中。骑车的时候，她检查着时间，愠恼地将自己的法式发辫甩过肩头，迫不及待地想要回到通信舱。她为工作抛下了家庭——这么多年来，她第一次对加入这次太空任务所做出的牺牲感到心平气和。这一切是否值得，她的选择是否正确，这样令人痛苦的疑虑已然消散。她漂流向前，身心清净，确信自己正遵循正确的道路，确信自己应该属于这里。茫茫宇宙令她费解，但她确信自己是其中渺若微尘却不可或缺的存在。

昨晚的梦逐渐消散，她的心思早就跳到了通信舱。穿袜子的时候，她好奇在昨晚熟睡之际，会有怎样不可思议的东西通过无线电波传进她的机器。然而，一个讨厌的想法闯入脑海，从黑暗的边缘挤了进来。本次任务成功了，可现实呢，她的发现却无人分享。他们所有人的发现都是如此。木星探测开始前没多久，指挥中心陷入沉默，了无回应。在为期一周的勘测中，“以太号”的宇航员们耐心等待着，继续他们的工作。指挥中心没有发送中止任务的信号，也没有通信中断的警告。考虑到地球的自转，深空网络[1]由全球三处主要地点共同组成。如果位于莫哈维

---

1 深空网络（Deep Space Network），美国国家航空航天局跟踪探测深空活动的网络系统，由文中提及的三处深空通信设施共同构成。

沙漠的戈德斯通测控站的设备掉线了，那么位于西班牙或是澳大利亚的设备会在他们上次断线的地方延续信号，可已经过去二十四小时了，还是毫无回应。第二天也是一样。到现在快两周了，还是联系不上。通信中断意味着太多可能性，起初没有担心的必要，可是当这沉默日积月累，他们对木星的专注渐渐消退，返回地球的期待则与日俱增，这件事变得愈加沉重起来。他们在这片无声的沉默里变得不知所措。他们的经历，与他们了解到的以及还在发掘的东西意义重大，需要更多的听众。“以太号”的宇航员参与此次旅程不仅仅是为了自己的梦想，更是为了整个世界。在地球上激励着他们的壮志雄心在这片黑暗之中不过是微不足道的虚荣罢了。

自通信中断以来，苏利第一次没有逃避失联问题。像其他人一样，她接受过冷静应对局面的训练，这趟旅程既漫长又充满不确定性，他们需要将威胁到工作的现实囚禁起来，因为他们有更伟大的事情要完成。但此时此刻，那个想法阴魂不散，一阵恐慌袭来，将木星之旅带给她的平静一扫而空。她突然从恍然如梦的木星世界中清醒过来。宇宙的空茫和荒凉像阴影一样笼罩着她。这场沉默已经持续太久了。黛维和底比斯一再检查飞船的设备，苏利也单独对通信舱进行过彻底检查，但一切都没有问题。接收器能收到他们周围空间所有的杂音，甚至来自几百万光年之外天体的声音——唯独地球一如既往地沉寂无言。

原始数据展示在电脑屏幕上，苏利用一支粗短的铅笔在她一直随身携带的写字板上潦草地写下笔记。通信舱内很温暖，无线电设备嗡嗡作响，将她包裹在一片熟悉的白噪声中。她停下笔，让铅笔飘浮在眼前，转了转手腕，活动痉挛的手指，然后抓回悬在空中的铅笔。一小滴汗从皮肤上脱落，悬在她眼前。暖气令人窒息。她怀疑温控程序出了故障。她得提醒黛维或者底比斯——他们最不愿发生的事情就是接收器过热。她的皮肤似乎在空气中熔化了，身体与环境之间的界限模模糊糊，氤氲着一团热气。接收器装嵌在通信舱墙内，其中一个发出一阵刺耳的静电声，苏利赶紧检查它停在哪个频率上。与指挥中心失去联系后，她将接收器设置为扫描所有常规通信频道，但目前为止依然一无所获。她一听就知道那音色不是来自地球。那是来自他们留在木星卫星上的一个探测器的信号。她继续扫描，任由那信号响着。

接收器里传来木星与卫星艾奥之间的噪声风暴——一阵低沉的声响中夹杂着些许其他声音，像是破碎的海浪、鲸类的鸣叫或是风穿树林的声音，他们从前在地球上也能听到这样的回声。几分钟后，风暴逐渐寂灭，让位于星际介质的嗡鸣声和太阳尖锐的爆裂声。在太空中，一切都变得更为清晰：星辰，声音，整个电磁波谱都在她身旁活跃起来，像是第一次亲眼看到水草地上舞动的萤火虫。没有了地球的干扰，一切都变得不同了——更尖锐、更危险、更暴虐，也更美丽。

日子一天天过去，他们对与地球之间的分隔愈加敏感。现如今，经过两周的沉默，这件事变得尤为紧要。没有指挥中心在真空中与他们保持联系，他们是真的孤立无援了。可即便已经踏上漫漫归途，即将逐渐缩短而非延长这一年的旅程，宇航员们却觉得他们与地球之间的距离比任何时候都更遥远。六个人对这样的沉默心照不宣。它意味着什么，他们也做好了准备。这既是为了自己，也是为了那颗现已沉寂的星球上的人们。

苏利看着眼前屏幕上风暴脉冲的光学读数。艾奥的引力场及其对木星的影响是她论文的一部分内容。要是二十年前在她读大学的时候能有这样的数据就好了。她把音频调至风暴开始时，一边工作一边重听。她不禁想象木星如一位呼唤孩子的母亲，将诸多卫星拉进自己大气层的怀抱，抚慰它们，直至最终让它们重新旋进黑暗，在虚空之中自由而孤独地旋转翻滚。苏利尤其喜欢艾奥，它是离木星最近的卫星，也是最倔强、最暴躁的卫星，像一颗骄纵的炮弹，满身窟窿，布满了火山和辐射。一阵刺耳的声音吸引了她的注意力。她一分心的工夫，就忘了做笔记。铅笔再次自由飘浮起来。苏利看着图上两个天体之间能量波的跳动，木星两极的磁场像极光一样舞动。哈珀飘进通信舱内，在她身后清了清嗓子，她被吓了一跳。

“苏利。”哈珀只打了个招呼便沉默了，仿佛不知道接下来要说些什么。苏利在铅笔飘远之前及时将它一把抓回。她突然意识到哈珀正盯着自己，意识到自己腋下沾着汗渍，辫子四周飘浮着没有扎紧的零散头发，像太阳光芒一样发散开来。

哈珀有和缓的中西部口音，起起伏伏的：在休斯敦时，他的声音是轻柔的，但在距离地球数百万英里的此地，他的声音似乎更为清晰可辨。有时，她好奇像他这样脚踏实地的人怎么会以天空为家呢。他遨游太空的次数比任何人都多，保持着世界纪录——十次太空飞行，苏利心想，还是十一次来着？她一向记不清楚。他是无可挑剔的指挥官。大家搭乘航天飞机前往绕地环行的“以太号”时，他坐在驾驶座上，与身旁的泰尔一起，带领众人径直穿越大气层，把他们送到在轨道上候着的“以太号”上。没人能与他相提并论。但苏利从他脸上看得出来，木星探测任务后的安宁也已离他远去，就像她自己一样。他从一个舱飘到另一个舱，检查每一位宇航员，勉力将大家团结在一起。如蜜月般的木星之旅已经结束，但通信中断的影响和漫长的归家之旅才刚刚开始。

“哈珀指挥官。”她问候道。他摇了摇头，微笑起来。他们在太空漂流的时间越久，职务称呼就变得越加可笑。

“任务专家苏利文。”他回应道。她习惯性地伸手拢住松散的头发，让它们贴紧头皮。然而在失重环境下，这动作徒劳无功。他凑近看了看噪声风暴的图像。

“是艾奥？”他问道。

她点点头。“这次风暴很大，火山群似乎都停不下来了。探测器可能无法在那里坚持太久。”他们看到爆裂的颜色块，能量脉冲在两个天体之间飞速传递着。

“我猜，没什么是长久的。”他耸了耸肩。他们没有再说话，也没什么可说的。

这天剩下的时间，苏利都待在通信舱内，观测探测器传输

回来的遥测数据，扫描深空通信专用的 S 波段、X 波段和 Ka 波段[1]，以确保万无一失。“以太号”指定的接收频率一直开放着，时刻为地球的上行线[2]信号准备着，但收到信号的可能性越来越渺茫。一开始时，通信流畅，就像给一屋子工程师和宇航员打电话那般简单，他们将这视作理所当然。随着飞船越来越深入太空，通信中会产生时间延迟。但即使后来延迟的时间与日俱增，指挥中心也一直在无线电波另一头等待着。从前，总有人会照看他们，而如今，什么人也没有了。

偶尔，苏利会收到一组其他太空计划的探测器传来的信息流。虽然这样的探测器为数不多，但她特别喜欢追踪其中一个：“旅行者三号”。它是第三艘穿越太阳系、进入星际航行的人造航天器，由上一代航天员于三十多年前发射升空。现在，“旅行者三号”已濒临报废，信号极其微弱，但是当她将接收器调到 2296.48 兆赫时，时不时地能够捕捉到一两条微弱的消息，听起来像是即将辞世之人喘着气说出的话。她还记得美国国家航空航天局宣布“旅行者一号”不再传回信号时的情况：它耗尽电量，无法再与地球上的操作者进行通信。那时苏利还只是个小姑娘，坐在位于帕萨迪纳的家中的餐桌旁，在上学前吃着葡萄干麦麸，她的母亲将那条新闻标题读给她听：**人类派往星际空间的首位使**

1 S 波段频率范围为 2GHz ~4GHz。X 波段频率范围为 8GHz ~12GHz。Ka 波段频率范围为 26.5GHz ~40GHz。

2 上行线（uplink），从地面站连接到卫星的线路，反之则称为下行线（downlink）。

者与世诀别。

“旅行者三号”追随其先驱的轨迹，穿越理论上存在的、由彗星和冰晶组成的奥尔特云，然后进入另一个恒星系。有一天，它会陷入某个天体的引力——某颗行星，或是恒星，或是黑洞——但在此之前，它会在一个又一个恒星系之间永远漂流，在银河系中永无止境地游荡。这是令人胆寒的命运，也是神奇的命运。苏利努力想象没有目的地是怎样一种感受，就这样无止无息地永远漂泊着。太空中还有其他机器漫游者，一些仍然活跃，其他的则已沉寂，被虚空吞没，但“旅行者三号”是与众不同的。苏利想起自己刚刚开始理解宇宙浩瀚无垠的时刻。即使那时她只是个小姑娘，这虚空也召唤着她，现如今，她自己也是一个漂流者了。想起自己是如何开始这趟旅程的，倒是分散了她的注意力，缓解了归宿难料的忧虑。

环形离心舱独立于飞船其他部分，不断旋转着，通过离心力模拟重力。他们称之为“微型地球”。宇航员的六间分离式起居隔间沿着环形道排列，每边三个宽敞的隔间，中间是过道。考虑到隐私问题，每个隔间挂着厚重的帘子，各有衣柜和抽屉用来放衣服，还有模拟太阳日落后可供使用的小阅读灯。环形道深处是一张长桌和两条长凳，都可以拉到过道中央或是竖靠在墙上。再往里边是一个简易厨房。环形舱的另一头有一个小型健身中心，里面有一台健身自行车、一台跑步机、几个哑铃，旁边是游戏机区域，配着一张未来主义的灰色沙发。在沙发和起居隔间中间是一个小型盥洗室。飞船的失重区域还有一个盥洗室，但远不如这个受欢迎。

在指定的休息时间，苏利和哈珀通常会打牌。在通信舱里飘浮了一整天之后，在这里感受身体的全部重量是件累人的事情，但适应这样的环境很重要。重力的影响并不都是坏的。扑克牌可以放在桌子上，食物可以留在盘子里，她的铅笔也可以稳妥地夹在耳朵上。苏利几乎可以忘记外界的虚空，忘记他们被周围亿万光年未发掘的宇宙空间包围着。她几乎可以假装自己回到了地球，离尘土、树木以及湛蓝的天空不过几步之遥。她差点儿就做到了。

哈珀狠狠地摔下梅花 J，一脸嫌弃。苏利拿起那张牌，牌面朝上摊开一把顺子。

“我还以为那张 J 要等一辈子了呢。”她温和地说，丢出一张不要的垫牌。

“该死的，”哈珀说道，“你别总是赢啊，行吗！”

拉米纸牌[1]是他们新近喜欢玩的游戏。自旅程开始直到六个月后穿越小行星带，全体宇航员会一起玩纸牌。渐渐地，其他人不玩了。到木星卫星探测阶段，牌局彻底停了。只有现在，在突

---

1 拉米纸牌（Rummy），适合 2~6 人的流行纸牌玩法。玩家初始拥有数量相同的手牌，凑成至少 3 张点数相同或同花顺的套牌方可出牌，出牌时需打出一张垫牌。无牌可出的玩家需从底牌或垫牌中补牌。优先打光手牌，或底牌用尽时手牌点数相加最少者获胜。胜者得分为其他玩家剩余手牌点数相加得到的总数，其余玩家只计算打出套牌的点数。

然发生通信中断后，不安感蔓延开来，他们才又开始打牌，但也只有哈珀和苏利愿意玩，所以他们现在玩的是拉米纸牌。

“你打成这样，要我输也很难。”她边说边放下另一把顺子，牌面朝下摔下最后一张牌。他用双手抱住脑袋，叹了口气。

“算分吧，骗子。”他说道。

他们数了数各自的牌，苏利在她的写字板上记下他们的分数，写在有关艾奥辐射特征的零散笔记旁边。她在脑海里快速计算了一下，哈珀盯着她，仿佛在给她画像一般，双眼掠过她脸部的线条，观察到一阵潮红从她的脖颈涌上脸颊。被注视的感觉不错，但也有些微疼痛，她的皮肤似乎在他的注视下燃烧起来。她潦草地写下他们最新的比分。

“再来一局？”她问道，双眼盯着比分。他摇摇头。

“我还得骑上一小时自行车。明天我再来反击。”

“我一定等着。”她边说边把扑克牌聚拢，收进牌盒。她站起身，把桌子推靠住墙。“下次用点脑子，好吧？”

“你悠着点儿，苏利文。”

天色已晚，在“以太号”的时区里已是深夜。躺在床上，苏利打算重新回顾白天的笔记，但一看到钉在墙上的那张照片，她就不太想继续工作了。那是她女儿的照片，拍的是她五六岁时在万圣节打扮成萤火虫的样子。那套衣服是杰克做的：一双漆黑瞪圆的眼睛、一对触须、一个在黑暗中会闪闪发光的假肚皮，以及用全黑连袜裤和金属丝做的翅膀。露西现在已经九岁了，苏利在打包行李时，没能找到女儿近期的照片。负责拍照的一直都是杰克。

~~~

伊万诺夫最近一直在他的实验室工作，工作时间越来越长，睡得越来越少。苏利意识到，已经好几天没看到他吃东西了。一天早上，苏利徘徊在温室走廊里，给他摘了一把航空养殖的樱桃番茄。

“我给你带了点儿零食。”她一边说，一边用胳膊肘使力，进到伊万诺夫的实验室里，双手捧着的一堆红色、黄色、橘色的明亮圆球，飘浮在她手掌之间的空隙里。他没有从显微镜上抬起头。

“我不饿。”他说道，额头仍然压在目镜上。

“别这样，伊万诺夫，别犯脾气了，”她抗议道，“等会儿吃？”他的发型在失重状态下变成可笑的黄色蓬蓬头，这让他看起来温和很多，显得比实际上更愉快些。有那么一会儿，她信以为真。

“我会在你工作的时候打扰你吗？”他厉声喝道，用一种让她不舒服的方式盯着她。他的双眼充满悲伤和愤怒，说话时嘴唇里蹦出几点唾沫星子。“我不会的。”他接着说，然后继续研究载玻片。

回到通信舱后，苏利自己吃掉了樱桃番茄，努力忍住眼泪。他们都在崩溃的边缘，都没有接受过针对这种情况的训练。不和谐的种子已经在他们之间生根发芽。木卫探测给这个小团体带来
~~~

的和谐已经破裂，显露出动荡不安的内核。指挥中心为他们设置的饮食起居制度逐渐被废弃了，宇航员们变得不受控制，不仅跟地球失去了联络，也跟彼此疏远了。他们不再按计划睡觉、吃饭、放松，而是开始各自活动、各自为营，而不像个团队。伊万诺夫越来越离群索居、喜怒无常，每次都将自己隔绝在实验室里好几个小时。但他不是唯一躲藏起来的人。泰尔逃避到电子游戏的世界中，尽管他在“微型地球”的沙发里坐着，心思却飘到了其他地方。

泰尔曾异常欣喜：在他的精确设置下，登陆舱得以在卡里斯托和盖尼米德着陆，紧接着又完成了环绕木星的弹射飞行。但是，当他们返回地球的轨道已经平稳下来，而指挥中心的沉默却持续发酵时，他变得沮丧易怒。他刚刚组建家庭，没有了家里的消息，他的情绪日益恶化。他把自己的苦闷通过电子游戏发泄出来。操纵杆、游戏手柄、枪支、方向盘、飞行模拟器等各种各样的控制器替他承受着痛苦。这些游戏的结束方式如出一辙，总是不可避免地会有一些塑料设备横穿“微型地球”，伴随着一连串夹杂着希伯来语和英语的咒骂声，在离心舱内不绝于耳。

在经过一场特别剧烈的爆发后，苏利看着泰尔没精打采地坐在游戏机前，像一只漏了气的氦气球。泰尔过去那股魅力不凡、极富吸引力的轻佻让他活力满满，现如今却都消散在循环净化的空气里。最后，他穿过离心舱，去捡他刚刚甩到墙上的方向盘。方向盘已经支离破碎了。他一言不发地拾起所有碎片，堆在桌子上，努力想把它们重新组装起来。这根本就是徒劳，但这天余下的时间里，他一直专注于此：把一片片塑料粘连起来，摆弄电线，测试按钮。他只是需要做些事情。泰尔没有放弃，直到底比斯把一只手搭到他的背上。

“放那儿吧，”底比斯说，“我在控制舱里需要你帮忙。”

泰尔由着底比斯帮他分心，投入到工作中。但第二天，他又回到了游戏机面前。苏利说不上是游戏本身宽慰着他，还是反复的音乐和声效，抑或是能有个借口在控制端发泄强烈情绪，才让他一次又一次地打游戏：赢了，输了，赢了，赢了，赢了，输了——注意力的麻木可带来快速的宣泄。

黛维是他们之中最年轻的宇航员，无疑也是最优秀的，她也在默默地苦苦挣扎。泰尔和伊万诺夫二人似乎比以往任何时候都更沉浸在个人空间里，外露的狂暴情绪流淌全身，但黛维似乎变得畏缩起来。从前，比起和同事们相处的时间，她专注在机器上的时间要更多，这也是她能成为如此杰出的工程师的原因之一。然而，随着地球上的沉默日渐延长，她不仅与人群脱离，也远离了机器。没什么可以使她感兴趣。她开始放任自流，远离其他船员，也忽略了飞船本身的维护工作。

底比斯注意到黛维在修理工作中的失误——她忽略了显而易见的问题，没有听到令人不安的声音，递给他已出故障的器件，如同梦游一般。一天下午，苏利在通信舱内处理探测数据，底比斯过来看望她，向她吐露了自己的担忧。

“你有没有发现黛维有些问题？”他问。

苏利并不奇怪。尽管她一直努力不去注意同事们日益发生的转变，但他们的改变却显而易见。这个宇航员团队正慢慢瓦解，一点点支离破碎。

“我注意到了。”她说。

他们试图一起把黛维拉回现实，把她的心思拉回到飞船上。底比斯和黛维一起工作，尽管这意味着他不得不做双倍的活儿。他还给她讲自己的故事，说起数十年前还年轻的时候，他被招募进南非太空计划的事情，那时这个项目才公开不过几年。休息时，苏利陪着她——确保她进行所需的锻炼，按时吃饭和睡觉。苏利问起黛维家里的情况和童年的岁月。底比斯和苏利竭尽全力，但也只能做到如此。“以太号”和地球之间的通信中断时间与日俱增，他们之中无人不受影响。离地球越近，断裂越深，沉默也变得越发令人难以忍受。

第二天晚上，晚餐和休息时间过后，哈珀集合了所有宇航员。伊万诺夫最后一个到达，既没有吃饭，也错过了休息时间。他更倾向于待在实验室，给木卫岩样编目。他径直走到跑步机上，开始慢跑，并朝泰尔的方向瞥了一眼，后者正在举哑铃。

“你要用吗？”泰尔假装礼貌地问道。伊万诺夫无视他的提问，加快了步伐。

“既然大家都到了，”哈珀说，“我想我们应该讨论一下有关失联的问题。”

底比斯坐在桌边，正在读阿瑟·查尔斯·克拉克爵士[1]的小说《童年的终结》。他把书页折了一个角，在哈珀身旁的沙发上坐下，双手交叉搭在膝头的书上。黛维从她的隔间出来，坐在底比斯身旁，泰尔放下哑铃，停在原处。苏利走出自己的隔间，斜靠在盥洗室门边，面向沙发和健身区域。伊万诺夫继续无动于衷地跑着步。

“我想说几件事，”哈珀继续说，“我知道大家对现状都已了解，但请耐心听我说完。现在，我们跟指挥中心失联已经快三周了。我们不知道原因。”他环顾四周，仿佛想得到确认一般。苏利点点头。泰尔开始咬自己的下嘴唇。底比斯和黛维面无表情地听着。伊万诺夫则继续慢跑。

“我们的通信舱运作正常。来自探测器的遥测数据不断进来，也能给探测器发送命令。黛维和底比斯有百分之九十九点九的把握，失联故障并不是因为我们。”他再次停下来，看着沙发上的工程师们，向他们确认。底比斯用力点点头。

“我们认为不是‘以太号’出现故障。”底比斯说道，字字分明，言之凿凿，完美到令人无法怀疑他的勤勉工作。

“这就给我们留下了一些不太乐观的可能性。”哈珀说。

---

1 阿瑟·查尔斯·克拉克爵士（Sir Arthur Charles Clarke，1917—2008），英国作家、发明家，与艾萨克·阿西莫夫和罗伯特·海因莱因并称为“20 世纪三大科幻小说家”，名作《2001 太空漫游》（*2001: A Space Odyssey*）曾被斯坦利·库布里克拍摄成同名电影。《童年的终结》（*Childhood's End*）是其早期科幻作品，2015 年被美国有线电视频道 Syfy 改编为同名电视剧。

在跑步机上的伊万诺夫哼了一声，按下“取消”按钮。履带速度减缓，然后停下来。“不太乐观。”他喘着气咕哝着，又用俄语加了几句话。他伸出手指梳了梳失重一整天后依然翘着的头发。哪怕苏利不懂俄语，她也能明白他在嘟囔什么。

哈珀忽略他，继续说道：“无论是我想到的哪种情况，我们面对的都是一个全球性问题。显然，深空网络的三台射电望远镜都出了问题。我觉得，要么是设备故障，要么是操作人员失误，或是两者都有。你们还有其他看法吗？”

停顿了一阵。离心舱在它的旋转轴上嗡鸣，生命保障系统的管道也运转着。在失重区域的某个地方，他们可以听到飞船船身的低声呻吟。

“可能是，”过了一会儿，苏利提出，“大气层的问题。某种无线电波污染，或是地磁风暴——但要造成这样的通信中断，除非是一场规模特别庞大的风暴。历史上类似的事件通常持续时间很短，与太阳活动有关，但是……我不知道，有可能吧。”

哈珀若有所思：“以前发生过这种规模的吗？”

伊万诺夫沮丧地甩了甩手：“地磁风暴？别开玩笑了，苏利文，那不可能持续这么久。”

苏利继续说道：“我……也觉得不可能。几年前，一场磁暴扰乱了加拿大的电网，导致北极光向南延伸至得克萨斯州，但伊万诺夫说得不错，我从未听说过任何活动能持续这么久，并影响到南北两个半球。也可能跟核武器有关，过去曾有核武器如何影响大气层的实验，但我不确定是否有实际数据，大多只是假设。”

在列举各种可能性时，苏利拨弄着她的写字板，隐约感到当她说出**核武器**三个字时，一阵寒意在离心舱内弥漫开来。“我猜也有可能是空中残骸，来自小行星的撞击或是大规模的爆炸。但说真的，如果是那样，我们飞船上的设备应该能够捕捉到相关信号，但地球本身的能量指标并没有什么异常。这完全讲不通。”

“基本上就是我们完蛋了，然后也不知道为什么会完蛋。”伊万诺夫插话道。他与苏利擦身而过，走进盥洗室，一把关上了门。

泰尔叹了口气：“他说得对，是吗？排除那百分之零点一的可能性，排除是我们的失误。”他用双手摩擦着脸，像是努力让自己从一个噩梦中清醒过来。很难说泰尔是因为什么而更沮丧，是因为伊万诺夫说对了，还是因为他们的星球似乎毁灭了。很长一段时间，大家都沉默无言，听着伊万诺夫把盥洗室内公用医药柜的门打开又关上。

“我只是不明白，”泰尔继续说道，“如果我们讨论的是核战争，我们应该会知道。如果讨论的是小行星撞击，我们也会知道。如果我们讨论的是全球性瘟疫——该死的，我不是流行病学家，但我认为事情不会好转了，所有人都会一个个死去。”

黛维打着战，但什么也没说。

“那现在怎么办？”底比斯问道。他看着哈珀，所有人都看着哈珀，看着他们的指挥官，哈珀颓丧地举起手。

“这没有……先例。他们没有在培训手册里提及这种情况。我想，我们还是一切按原计划进行吧，希望离家更近之后，我们能够实现一些联络。在此期间，我们能做的也不多。除非有人有其他想法。”另外四名宇航员轻轻摇头。“那好，我们下一步就遵循原计划，看看情况如何发展。”他停顿了一下。“伊万诺夫！”哈珀喊道，“你同意吗？”

盥洗室的门滑开了，伊万诺夫把牙刷从嘴里拿开。“如果假装还有其他选择能让你好过点，或是假装我们确实做出了什么选择，行，很好——我同意。”然后又啪地关上了门。

泰尔翻了翻白眼，嘟囔了一句“**浑蛋**”，但并不是针对任何人。

底比斯像父亲一般拍了拍黛维的背。她伏在他的肩头，但不一会儿就起身爬回自己的床铺。她拉上隔帘，过了一会儿，阅读灯也熄灭了。大家沉默地解散了，灰心丧气的。没什么其他可说的了。底比斯拿着书，回到自己的床上。泰尔又做了一组哑铃举重，然后把它们收好。在苏利的小隔间里，她久久地凝视自己女儿的照片。苏利闭上眼睛听着：黛维用印地语小声做着祷告，泰尔的掌机发出尖厉的音乐声，哈珀的铅笔在纸上涂抹着，底比斯沙沙地翻着书页，伴随着这一切的是飞船航行的嗡鸣声。伊万诺夫离开盥洗室时不断小声地咒骂着，可后来，当苏利迷迷糊糊快睡着时，她觉得自己听到了伊万诺夫闷声啜泣的声音。

第二天早上，苏利在七点闹钟响前几分钟便醒过来。她关了闹钟，盯着隔帘上僵硬的褶皱，又合上了眼皮。回到通信舱内继

续工作仿佛变成了一件伤心的琐事，现在很难从中感受到什么意义。她不再关心涌进机器里的数据，或是她能从全新的数据中提炼出怎样的突破性结论，对唾手可得的全新发现也置之不理。她一点也不想离开离心舱，她希望继续被这里的重力紧紧抓牢。

那天晚上，她的梦境将她带回卡里斯托的表层，她不久前就站在那里，遥望木星上翻腾的浅褐色条带，以及剧烈搅动着的大红斑。隔帘外，模拟日光开始加强，但她没有起来观看。今天不想了。那光亮像梦境里的一样真实，却比不上它的半分美丽。她继续睡下，回到木星卫星的梦境里，任无人观赏的模拟太阳兀自升起。

## 三

某个天色昏暗的午后，太阳已经下山，而天空中仍残留着些许光线的痕迹，奥古斯丁和艾莉丝去了停机库。艾莉丝要出去走走。她说想走远一点儿，而停机库似乎是个新鲜有趣的目的地。奥吉很长时间没去那里了，上一次去还是去年夏天飞回这里的时候。蓝色的暮光显得神神秘秘，在雪地上投下阴影，激起他冒险的冲动。待傍晚的黑暗刚刚降临，他们应该已经离天文台很远了，但他们带了一个手电筒。出发前的最后一刻，奥古斯丁背了一把来复枪，上满了弹药。沉重的枪管压在他的肩胛骨上，密集的黄色光线在眼前的蓝色雪地上摇曳，缓解了他的忐忑不安。

他一手拿着手电筒，另一只手拄着滑雪杖以保持平衡。在方向变幻莫测的漫天飞雪中徒步前行是困难的，因为他的关节炎越来越严重了。艾莉丝无所畏惧地滑下山坡，在前面奔跑，跑到了手电筒光亮所及之外的地方。她偶尔会回头看看为什么他走得这么慢。走了不到一半的路程，他已经上气不接下气了。膝盖开始疼起来，大腿肌肉也酸胀不止。他本可以用滑雪橇的，但它们对艾莉丝而言太大了，总不能他滑雪而让艾莉丝走路吧，这似乎不公平。走了快一个小时之后，终于能看到停机库的屋顶了，波纹状的金属在漫天雪花中闪闪发光。艾莉丝走得越来越快，坚定的小短腿飞速蹚过柔软的风雪。

靠近之后，他注意到停机库的滑动长门敞开着，里面已经堆起积雪。在裸露的地面上，他看到深色的油渍渗进水泥地。这是个仓皇逃离的现场：一套棘轮螺钉散落在水泥地上，像是六边形的星星散落在星系中，空盖子被丢在一旁。奥古斯丁闭上眼睛，想象着飞机停在停机坪上，研究员们一个个登机，行李被存放起来，最后一名军队机械师急急忙忙收拾自己的东西，拎起没有锁住的工具箱就走，结果眼看着螺钉散落地面。奥古斯丁在天文台听到“赫克”飞机起飞的声音，远远地看着它攀上长空。此时，他忍不住假想出一架飞机，停在那条长长的白色跑道上。他描绘着这样的景象：副驾驶把头伸出舱门，吼着快点儿，于是机械师决定让遗落的物品躺在原处，把空盖子丢到一旁，跑向等着他的飞机，爬上摇摇晃晃的舷梯，再一脚蹬掉，关紧舱门。飞机在白色的跑道上轰鸣，一头扎向天空，返回一个奥古斯丁再无可能回归的世界中去。

飞机曾在跑道上逗留，如今那里已经空空荡荡，破败不堪：

不亮的LED塑料灯泛着微光，橘色的标旗半埋在雪地里。舷梯仍在那里，倒向一侧，一个松了的轮子漫不经心地在风中打着转儿。奥古斯丁捡起其中一颗螺钉，放在戴着手套的掌中，然后任其落地，发出一声空洞的啪嗒声。空气中有污浊的油脂气味，各类工具和机器零件四散在停机库里——这让他想起自己的父亲。奥古斯丁从前常常观察父亲睡觉：双脚靠在躺椅上，嘴巴半张着，喉咙深处传出一阵断断续续的鼾声。他父亲衣服上散发出油腻腻的呛鼻气味，像是一团未点燃的火或是柴油卡车底部的味道。回忆中，电视机屏幕闪着光，他母亲不是在厨房劳作就是在卧室躺着，而他则会跪在地毯上，感受粗糙的聚酯纤维扎着他的小腿。他假装在看电视，其实是在观察他的父亲。

奥古斯丁掸落停机库里一个大型不锈钢工具箱上的积雪，强行拉开第一层抽屉：一堆乱糟糟的钻头和螺丝刀直勾勾地盯着他，还有一个打结的线轴和各类加厚螺栓。他关上抽屉，眼角的余光扫到什么东西在移动，便转头望向外面的跑道，看到艾莉丝正在攀爬歪倒在地的舷梯，像是在玩爬格子游戏。

“小心。”他对她喊道。她把胳膊举过头顶，做出一副**松手**的大胆模样，沿着金属框架的薄边小心移动，像在走一根平衡木。他继续搜索停机库，用手电筒照亮昏暗的角落，踢开积雪，使埋在雪地里的神秘物体露出真容：几块冻硬的软纸板、很多工具箱和一堆轮胎。奥古斯丁走向一处大小可观的雪垛，上面覆盖着硬挺的绿色篷布，并用弹力绳固定着。他解开绳子，拉开篷布，底下是两台摩托雪橇。他心想，**果不其然**。之前，他曾无数次往返于机场跑道和天文台之间，他和行李都是用这些摩托雪橇运送的。过去这几年，每年夏天的那几个月，积雪融化引起的降水都会让大气层积云过重，北冰洋上升腾的层层薄雾也会攀上群山，像纱幕一般向天空延展，让他无法工作。每当这时，他便会离开天文台，逃离北极，到暖和的地方去：加勒比海、印度尼西亚、夏威夷，去一个完全不同的世界。住在奢侈的度假村，除了鸡尾冷虾和生蚝外，其他的什么也不吃。中午喝杜松子酒，在泳池边的座位上醉得不省人事，晒成一片松脆的红色薯片。他暗自思忖：**要是现在能喝上几升杜松子酒，我做什么都愿意啊。**

奥古斯丁用手拂过流线形的机器。钥匙仍插在点火装置里。他将近身那辆车的钥匙拧到“启动”的位置，拉开阻气门，拉了一把启动绳线。引擎呜咽地呻吟了几声，但没能开动。奥古斯丁继续拉线，越来越用力，直到引擎终于运转起来，活塞开始自行泵动。油烟从引擎罩下方涌出，引擎不情不愿地稳定下来，突突地叫着。尾气由厚变薄，奥吉喜悦地拍了拍雪橇闪亮的黑色后座。他没什么特别想去的地方，但是有辆可以使用的交通工具总是好的。也许他们可以骑回天文台。想到这里，奥吉笑了，不晓得艾莉丝的四肢是否够长，能不能骑上另一台车。然而，当他望向她时，他立马将摩托雪橇的事抛诸脑后。冰冷的引擎啪嗒啪嗒地响着，然后熄火了，他几乎没有听到。

跑道上还有另一个东西。积雪在暗淡的光线中闪着蓝光，奥吉眯着眼睛辨别它的轮廓：四条腿，灰白色，几乎消融在积雪的背景里。要不是因为艾莉丝被它深深吸引，他可能都不会注意到。艾莉丝朝着那个身影的方向移动，一边沿着倒地舷梯的细金属杆飞快地爬动，一边发出咕咕声，她的喉咙里哼着那首他已经习以为常的奇怪的歌。那身影竖直了脑袋——是一头狼。

奥古斯丁想都没想，一把将背后的来复枪拽到手中。粗硬的帆布枪带和派克大衣的防风面料摩擦作响，他僵住了。那头狼向他晃着脑袋咆哮起来，眼中的幽光若隐若现，仿佛大理石那般闪亮。那头狼向停机库迈近了一步。奥古斯丁屏住呼吸，等待着时机。艾莉丝沿着舷梯越爬越近，想要伸手去捋它的毛。那头狼端坐在雪地里看着她，用爪子挠着地面，应着她的声音竖起耳朵。奥吉脱下连指手套，伸展手指，做好准备。少年时代的他，曾在密歇根随父亲在家旁边的树林里狩猎，但从那之后，他再没有开过枪。那时，他们父子二人会不动声色地等着，若时机合适，有东西闯进他们的十字准线，他们就会瞄准目标，然后开枪。奥古斯丁讨厌那些狩猎之行，每一分钟都令他憎恶。

他举起来复枪，把它的后座架在肩膀上。他发现那狼已在射程内，便又调整了十字准线，瞄准它毛茸茸的脑袋。艾莉丝仍在一步一步向它爬近，她摘下连指手套，伸出双手，咕哝着轻柔哄人的话。正当他的手放上扳机，那狼动了。它扬起脑袋哀嚎着，那是一种既悲伤又孤独的声音，而后朝艾莉丝又迈近了一步。奥古斯丁再次调校瞄准器，那狼用两条后腿站立起来，朝艾莉丝的小手掌扬起口鼻。他扣下了扳机。

枪声必定响彻山脉，在一座座山巅之间徘徊不散，在山谷之中此起彼伏，但奥吉没有听到。四周万籁俱寂，他看着那头狼的脑袋向后折断，红色的血雾溅到积雪上，它的身体腾在半空中，然后跌落到雪地上，瘫成一团。待这一切结束，他唯一能听到的是艾莉丝的尖叫声。

他大步走向她，闪亮的手电筒被遗落在熄火的摩托雪橇座椅上。艾莉丝从舷梯上保持平衡的地方跌下来，一头栽进积雪的跑道上。白色的粉末沾在她的头发上、睫毛上，她的鼻子和脸颊冻得通红，而她还在尖叫。她扑到那头狼身上，把小手伸进它的白色皮毛里。奥吉拼命赶过去。他没有力气叫她，来复枪的重量压迫着他肺里残留的气息，每迈一步都艰难。当他终于走到她的身边，发现那头狼仍然活着，但只有一息尚存——他打中了它的脖子。鲜血汩汩而出，浸染了雪地，它腹部的微弱起伏愈发缓慢。奥吉伸出手，想把艾莉丝从这头将死的猛兽身旁拉开，却看到它正用粉色的舌头舔净她脸上的泪水，就像一头母兽对其幼崽做的那样。

那头狼的血迹沾在艾莉丝的脸上、头发上、手上，而她似乎没有注意到。那动物断断续续地又呼吸了几次，然后断了气，温热的舌头塌陷在口中，眼中闪烁的光芒寂灭成一片黑暗。狂风搅动着他们周围的飞雪，冰碴子像百万只小刀片一般倾斜地扑打着。奥吉把手搭在艾莉丝瘦小而颤抖的背上。她任由他的手放在那里，但她不愿松手放开死狼，也没有停止低沉的恸哭。她紧紧抓住它那毛茸茸的温暖皮毛，而飞雪则侵袭着他们裸露的皮肤。

“对不起，”他说，“我以为——”但他说不下去了。他又试了一次：“我想——”

但其实他什么也没想。还没思考之前，他就已经锁定了目标。他内心的焦灼已经消退，但他知道，即使有思考的余地，他还是会这么做的。他告诉自己这是为了保护艾莉丝，是为了让她免受埋伏在他们身边的危险。也许这是真的——毕竟狼不是无害的物种——但不止于此，还有其他的原因。他的喉咙深处生起一股本能的酸涩滋味，像是恐惧，抑或是孤独。他抬头仰望星空，等它们将自己内心翻江倒海的剧烈情感压制下去，正如往常一样。但这次没有奏效。他感受到了一切，而星星只是向他眨着眼：冰冷而明亮，遥远而冷漠。他的内心涌起一股冲动，想要打包行李，然后换个地方。可是，他已经无处可去了。他站在原地，依旧望着星空，手仍搭在艾莉丝的背上，他感觉——这么多年来第一次，他**感觉**到了：无助，孤独，恐惧。要不是泪水在他眼角冻住了，他可能真的会哭出来。

手电筒丢了，落在黑黢黢的停机库的某个地方不再亮了，于是他们摸黑返回天文台。还好漫天星光熠熠，依稀看得见穹顶的巨大阴影。奥古斯丁的滑雪杖也丢了，他无所支撑，所以行动缓慢，每迈一步，关节都疼痛至极。他把来复枪换到另一边肩膀上。他真希望自己把枪留在了跑道上，希望自己从没想到要带上它。枪管来回敲打他的身体，他的背脊和肩膀都瘀伤了，胸口也被反冲力震得生疼。

艾莉丝一脸严肃，眼泪已干。他们走着走着，她又哼起常哼的歌，低沉而凄凉，奥古斯丁却对此心生感激。随便什么都行，能淹没她不绝于耳的尖叫声就好。他们用积雪覆盖那头狼的尸体，尽力将隆起的坟墓堆实，那座洁白的雪丘闪着光，鲜血外渗，留下一道一道粉红色的印记。艾莉丝把连指手套当成犁，用尽全力将白色粉末盖实在尸体上。要不是她的眼圈肿胀着，下巴伤心欲绝地抽动着，他可能会误以为她只是在自家后院里玩耍的小孩子。他试着想象事实就是如此，然而等一切结束，并没有出现雪人，有的只是一座隆起的坟墓。

回到天文台后，艾莉丝径直上了三楼的家。奥古斯丁则到一座附属建筑内的军械库里把枪藏好。所有的来复枪都储藏在没有供暖的建筑里，以防枪的内部构件在外使用时无法适应突变的气温。他想起第一次来研究基地时，学习如何使用北极的特殊润滑剂，来保证枪支零部件的润滑，那时他几乎不放在心上。那个教他的人在成为科学家之前是一名海军陆战队员，那人处理火器的温柔方式让他想起自己的父亲。奥吉曾无礼地告诉过那个人，他在这里是不会用到军械的。

等他回到天文台，推开大门，双腿便再也支持不住了。他瘫坐在一楼的一把椅子上，等待肌肉重新回应大脑的指挥。等了差不多一个小时，肌肉才逐渐停止痉挛。暖气就在三层楼的顶部，他却触手难及。后来，奥古斯丁终于有了力气，扒着扶杆往上爬。他跌跌撞撞地进入温暖的控制室，胸腔不住地起伏，一头栽倒在由床垫和睡袋铺成的地铺上。他费了很大力气，一件接一件地脱掉靴子、派克大衣、帽子和连指手套。他躺在那里，想着自己为什么没有把它赶走，为什么没有只是抬高枪口，开枪警示，把那头狼吓回荒野里去。几分钟后，他睡着了。

等他终于醒来时，太阳正慢慢升起，控制室的厚重窗帘透进微弱的光亮。闹钟显示已经中午了。奥古斯丁躺在那儿许久才起来。在他拖着身体来到窗边之前，太阳已经升到短暂白昼的天顶。他可以远远地看到艾莉丝在山下坐着，坐在比附属建筑群更远的地方，遥望着地平线。起初他很生气，想告诉她不要在无人陪伴的时候走这么远，但他意识到自己无权打扰她，或是限制她的行动。她比他更了解冻原。在这里，他永远无法像她那样自在。可是，保证她的安全是他的责任，不是吗？没有其他人会这么做。如果他做错了，没有人会施以援手或是进行干预，甚至没有互联网可以寻求建议。他又担忧起来，但还是把这种情绪搁到一边。这感觉太陌生了，深思起来着实太恼人。他盯着窗玻璃上自己的倒影：他脸部的皮肤皱缩着，像一张被攒成团后又铺展开来的笔记本上的纸。他看起来甚至比记忆中的自己更加老迈、更加疲惫。

奥古斯丁从他们的食物储备中拿了一条格兰诺拉燕麦棒，坐在艾莉丝最喜欢的桌子旁吃着。他给她的《北极野外指南》敞开倒扣着，书脊上有好几处磨损。他拿起来，恰好看到一幅北极狼的照片。关于白狼有四十二颗牙齿的那部分，他读了又读，始终没瞟过一眼狼崽子的照片。**北极狼一般不怕人类，由于栖息地太过荒凉，它们很少与人类接触。**奥吉猛地把书合上。四十二颗牙。

~

艾莉丝仍坐在那儿一动不动。那天太阳下山后，奥吉放下手头那本用来分散注意力的天体物理学过刊。那会儿，他已经反复阅读了控制室里的每期日志、每份杂志和每本书。他觉得奇怪，好像对自己的头脑陌生起来。他被一股深深的情绪攫住，它无以名状、无从辨认，他也不愿正视。奥古斯丁闭上眼睛，开始做他一直擅长的事情：想象从大气层另一侧观赏这颗蓝色星球的剪影，想象绵延在外的虚空。他想象着太阳系里其他的东西，一颗颗行星，还有银河等，静候那股敬畏之情将他涤濯——然而事与愿违。他看到的只是自己映在窗户上形容枯槁的倒影：满头白发，胡楂儿尖细，轮廓鲜明，还有空洞的双眼。他想到那头死狼，想到这个小姑娘向它长满利齿的口腔伸手过去。是悔恨吗，还是怯懦？他不确定。也许他是生病了。他用手背触碰额头，发现很烫。果不其然，他生病了。他感觉自己的皮肤下面正在积聚一股热量，让他血液沸腾。他的耳朵嗡嗡作响，眼睛开始突突跳动，像定音鼓一样在他的头颅里敲击着。难道，就到这儿了吗？这就是结局了吗？他想到了急救箱，在一楼的所长办公室。他要去拿吗？值得吗？他想到了所有急救箱里没有的药品，所有自己不具备的解剖学知识，所有他没有的诊断设备。即使他有，也不知道该如何使用。奥古斯丁回到床上，想象那就是自己的临终之榻。就在他失去意识入睡之前，他想起了艾莉丝：她仍在那里，独自一人坐在冻原上。睡意慢慢吞噬了他，像一排浪涌上身体。就在它抵达大脑之前，他心想，是否死亡就是这样的感觉呢？他好奇，如果自己没有醒过来，艾莉丝会怎样呢？

## 四

“以太号”上，宇航员们努力打发着时间。他们有太多的时间需要填充——每天白天的时间，夜晚的时间，日复一日，周复一周，月复一月，无止无休。他们不清楚在地球上等待他们的是什么，在这种情况下，规定的任务及例行安排变得毫无所谓，没有意义。要是他们再也无法感受地球的重力，何必靠服药、锻炼来提醒身体适应自身的重量呢？要是他们无法与任何人分享伽利略卫星的探测成果，那他们何必继续研究？要是他们的星球和所有相识之人都已经烧毁、冻结、蒸发、病故或是遭遇其他同等不幸的灭绝命运，那他们变得麻木不仁、灰心丧气又有什么关系呢？他们赶着回家是为了谁呢？睡过头、吃太撑或是睡觉少、吃饭少，这又有什么关系呢？绝望才更合理，更符合他们的情况，不是吗？

所有的一切似乎愈发缓慢。一种紧张的恐惧感笼罩着宇航员，这来自未知的沉重和虚无的压力。苏利发现自己打字变慢了，写字也变慢了，动得更少了，想得也更少了。起初，在大家努力想弄清楚到底发生了什么的时候，所有人众志成城，但求知欲很快就让位于绝望的投降。根本无从得知缘由，也没有数据可研究，顶多探讨一下缺乏数据的原因。距离沉寂的地球还有十个月的航程，这是一场未知而漫长的归家之旅。怀旧情绪攫住了苏利，攫住了他们所有人。他们想念熟悉的人们、去过的地方以及留下的东西——他们开始觉得永远不会再见到这些了。苏利想起女儿露西，她是个生气勃勃的小姑娘，声音尖细，头发略带金黄色，眼睛是棕褐色的，喜欢在自家的小房子里不断转圈。现在，她像飓风般卷起苏利的回忆。苏利希望自己带了更多的照片，希望有一个满是女儿照片的优盘，而不仅仅是眼前这一张他们离开时的陈旧相片。她心想，哪个母亲不会至少带上十来张呢？特别是在一段为期两年的旅程里，而她的女儿在此期间会长成一个大姑娘。自从登上“以太号”，除了来自同事们的上行视频通信，苏利没有收到任何其他人的讯息。她珍惜这些通信，一遍遍地重复播放，但始终没有来自露西的任何消息，自然也没有杰克的。在离开地球大气层之前，家人的疏远并没有让苏利伤心。尽管这情况已经持续数年，可是忽然之间，这仿佛成了最近才降临到她身上的悲剧。她试图在脑海里重塑缺失的相片：圣诞节时拍的，过生日时拍的，离婚前一家三口去科罗拉多玩激水漂流时拍的。相片里的景色容易填补——一棵缀满了银色金属丝的歪斜蓝云衫，旧公寓里那张绿色格子沙发，挂在厨房里的辣椒装饰小灯，水槽后面栽种的一排植物，还有装满旅行物品的红色路虎车——然而，他们的面孔却难以回想起来。

她与杰克结婚十年，五年前离了婚。她先是想起他总是留一头她不太喜欢的短发，然后再努力填补其他特征：眸子是绿色的，上缘是厚厚的睫毛，配着一对深色的眉毛；鼻子有点弯折，经常流鼻血；嘴唇薄，牙齿整齐，两边都有酒窝。她想起他们初识的那一天、结婚的那一天、分手的那一天，努力回想过去的每一分钟、每一句话。她重新描绘了他们一起生活的图景：她第一次怀孕时他们一起租住的小公寓，那时她在准备毕业论文，他在教本科生粒子物理学，而后是有大玻璃窗的复式砖房，那是在她流产之后搬进去的。当她告诉他失去宝宝的消息时，他非常失望——太快了，孩子才六周大，苏利几乎还没来得及消化。她感到一阵绞痛，便知道已经结束了。看着鲜血浸透内裤，她如释重负。清理干净后，她服下四片布洛芬，想着怎么告诉杰克。那天下午，她让他枕在自己的大腿上，试图感受明明白白写在他脸上的悲伤。然而，她什么也感觉不到。起居室里，透过大玻璃窗照射进来的日光已经暗淡，但他们依然坐着。窗帘没有拉上，玻璃逐渐暗沉，如高耸着的漆黑眼睛——它是在看进来还是望出去，她说不上来。

一年后，他们在市政厅登记结婚。市政厅的走廊铺着黑色瓷砖，配有黑色抛光的木质长椅，其他夫妇坐在那里等着轮到他们。四年后，在一家医院的薄荷绿色的房间里，露西出生了。杰克抱着女儿，脸上露出抑制不住的幸福，而当他把孩子放回苏利的手中，她却感到一阵胆战心惊。露西在厨房的油毡地板上迈出了第一步。当他们想把她托付给保姆时，她说出的第一句话是：“爹地，不要。”苏利想起收到这次太空任务邀请、成为新一届宇航员候选人的那一天，也想起她离开杰克和五岁的露西到休斯敦的那一天。一开始，她想起的都是各种转折性的时刻，那些改变了一切的日子，而随着时间的流逝，她开始更多地怀念一些小事情。

她想起露西很小的时候，头发看起来像是金色的纺线，待露西渐渐长大，发色也逐渐加深。露西刚出生时，静脉在她半透明的皮肤下跳动。她想起杰克身形宽大，衣服上的第一颗纽扣总是不扣，喜欢卷起袖子，从来不戴领带，也很少穿夹克外套。她想起他锁骨的线条、胸口零落的毛发，以及衬衫上难免沾到的粉笔灰。她想起挂在温哥华家中燃气灶上的那只铜制炖锅，他们是在苏利拿到博士学位后搬到那里的。她想起前门是树莓红色的，露西最喜欢的床单是午夜深蓝色的，上面缀满了黄色的星星。

“以太号”上的每一个人都陷入隐秘的过去，每一个隔间都像是回忆的密室。他们彼此只进行必要的简单对话，努力面对当前的严峻要求，其他时间里，所有人的脸上都明显是一副沉浸在过去的神情。有时，苏利看着其他人，想象他们在想些什么。执行任务之前，所有宇航员在休斯敦一同进行了将近两年的训练，他们变得日渐亲密；但是，你在练习应对模拟事故时与同事谈论的事情，和你身处远方而熟悉的世界却已灭绝时所思考的事情，是迥然不同的。

任务开始的前一年，在休斯敦城里的一家露天咖啡馆里，苏利看到伊万诺夫一家在吃晚饭。她在街对面泊车，一边把零钱塞进停车计时器，一边望着他们。她想过去打声招呼，却站在那里一动不动。他们都喜笑颜开，阳光灿烂，五个人都顶着一头白金色的头发，像蓬起的蒲公英那般闪闪发亮。她看到伊万诺夫弓着身子帮小女儿切开食物。他的妻子活泼动人，挥动着餐具，兴奋地比画着，伊万诺夫和孩子咧嘴大笑，嘴里还含着食物。

一位服务员端着一个小干酪蛋糕停在他们桌旁，当他把蛋糕放在伊万诺夫肘旁时，孩子们异口同声地道谢。苏利在街对面都能听到。服务员收走半空的盘子，满脸微笑地离开他们的餐桌。苏利的眼神落在伊万诺夫妻子的身上。她一边说话，一边挥舞着粘满沙拉的叉子。她回想自己跟家人在一起时，是否曾如此快乐、如此自在。苏利在停车计时器旁徘徊，逐渐意识到自己侵入了一个不属于自己的时刻。随后，她沿着街道走进一家小杂货店，买了些水果。伊万诺夫在工作时可谓一丝不苟，但今晚不然，他与家人在一起时并没有那么严肃。她选了桃子。她捧起这温暖饱满的水果，感受手掌中轻柔的茸毛，突然记起女儿出生时脑袋的分量。

通信中断六个星期后的一天，伊万诺夫很晚才回到“微型地球”，那时其他人已一起吃过晚饭了。他径直进入自己的隔间，一把拉上身后的帘子。底比斯盯着紧闭的隔帘思忖片刻，敲了敲伊万诺夫隔间的侧壁。

“伊万诺夫，要是你有兴趣的话，还有一个炖菜。”他对着灰色的隔墙说道。

一如既往蹲在游戏机前的泰尔哼了一声。“他不会出来的，”他说，声音里透着一丝嘲笑的意味，“他大概哭得太多了，难得睡个觉。”

苏利正在床上给一个遥测读数做笔记，听到这话，顿时怔住了。确实不是自己听错了。一阵沉默过后，伊万诺夫扯开自己的隔帘，大步跨过离心舱，冲向泰尔。穿着连身衣的泰尔还没来得及看到他，伊万诺夫便一拳砸来，把他拽倒在自己脚边。泰尔用希伯来语咆哮起来，挣脱伊万诺夫的束缚，一掌劈向他的手腕。底比斯拉住两人，把泰尔拖回沙发，而伊万诺夫则朝地板上吐了口唾沫。伊万诺夫满脸通红，大步流星地走回飞船的失重区域。哈珀赶到时，泰尔恰巧一脚踢飞游戏控制器。突然之间，离心舱内异常安静。苏利坐在自己的隔间里，不知该怎么做，也不知该说些什么。哈珀和底比斯低声交谈，似乎达成了什么结论，然后底比斯离开“微型地球”，应该是去跟伊万诺夫沟通了。哈珀心不在焉地揉着下巴，然后去了泰尔的隔间。苏利拉上帘子，不想偷听。

起初与地球的联络清晰通畅、不受干扰时，泰尔会花好几个小时和妻儿聊天。“以太号”升空时，他的儿子一个十一岁，一个八岁，生日仅相隔一周。出发前，在休斯敦的一个训练基地，他们为两个孩子举办了小型生日派对。泰尔的儿子们住在得克萨斯，他们玩同款电子游戏，每当与家里人通视频时，在飞船上的泰尔总会展示取得的高分，这样就可以和孩子们相互比较。后来，哪怕通信延迟让人无计可施，只能由他们单方面发送消息，他和孩子们的比赛仍在继续。几天前，她看到泰尔在其中一个赛车游戏上打破了孩子们的纪录。他激动地向空中挥了一拳，脸却耷拉下来，呼吸变得微弱，塑料控制器也从手中滑落。苏利走过去，在他身旁坐下，小心翼翼地将一只手搭在他的背上，他靠在她的肩上。他从来没有这样做过。这是她见过的他最脆弱的时刻。

“我赢了。”他对着她连身衣的网眼袖口说道。他们沉默地坐着，游戏胜利的音乐一遍又一遍地循环播放，阵阵空洞的鼓声夹杂着尖锐的号声。

随着休斯敦最后几周训练的结束，升空日期愈来愈近，宇航员们愈加激动，他们之间的情谊也愈来愈浓。一个周五，在经历漫长的木卫着陆模拟训练后，他们一起来到当地的一个酒吧。底比斯抓了一把二十五美分的硬币，翻着自动点唱机里的歌曲，黛维则站在他身旁，用吸管嘬着蔓越莓果汁，打量着那台机器。在吧台，泰尔、伊万诺夫和哈珀摆了一排小杯龙舌兰，泰尔坚持让大家为每颗伽利略卫星喝一杯，相当于每人四杯。苏利来晚了，站在门口看着这一切。调酒师正在分发酸橙瓣，底比斯挑选的第一首歌曲已开始播放。哈珀把她叫到吧台，也给她点了一小杯龙舌兰。

“你在玩躲猫猫吧。”他说道，把小酒杯滑到她面前，“这杯敬卡里斯托。”她把酒杯推回去，没有要哈珀递给她的酸橙瓣。

泰尔咧嘴坏笑。“太厉害了，”他说，“再来一杯！”

伊万诺夫用自己的酒杯敲打着台面。“来吧，来吧。”他说道，脸上容光焕发。泰尔情绪高涨，在高脚凳上晃来晃去，数着每位宇航员为伽利略卫星一饮而尽的杯数。

“敬盖尼米德！”他喊道。

苏利把另一个酒杯砸向桌面。“敬那圈可爱的磁层！”她喊了回去。伊万诺夫庄重地点点头，仍然兴奋无比。他们所有人都非常兴奋。

在自动点唱机那边，底比斯和黛维也喊着“敬盖尼米德”，引得其他顾客疑惑重重。那时还早，酒吧相对安静，等几个小时之后苏利再留意起他们周围的环境时，房间已经人满为患，她也醉了。黛维和哈珀正在点唱机旁跳舞。黛维屈着膝，抱着脑袋，哈珀则扭动着身子，偶尔配上作乐的手势。泰尔、苏利、伊万诺夫和底比斯围着吧台坐着。泰尔从鼻子里喷出啤酒，为自己讲的笑话乐不可支，伊万诺夫在苏利身旁摇摇晃晃，手搭在她肩头。

“尤里是谁？”伊万诺夫问，一脸疑惑。苏利和底比斯对视一眼，不确定是该笑还是换个话题。他们曾听泰尔讲起尤里，但伊万诺夫从不在场。

“你知道的——就是你屁股上的小爬虫[1]。”泰尔说道，他笑得太过剧烈，以至于差点儿说不出话来。“尤里·加加林[2]。他现在怎么样？”

伊万诺夫摇摇晃晃，手臂依旧搭着苏利寻找平衡。他眉头深锁，露出若有所思的神情。停顿了很长时间后，伊万诺夫终于开了口：“他很好。”声音朝气蓬勃，充满快乐。“但要是能每天不用见你那张丑脸，他会更好的。”

哈珀轻拍苏利的肩膀，她转身看到他脸上的汗珠闪闪发亮。黛维正在他身后几英尺的地方朝她招手。“和我们一起跳舞吧？”他说，“这是我们的歌。”

她点点头。他说的是属于他们所有人的歌，但是有那么一会儿，当苏利从吧台高脚凳上滑下来，穿过摩肩接踵的人群，大家随着《太空奇遇》的节奏摆动、摇晃、旋转，她以为他说的是只属于他们两个人的歌：我们的歌。大卫·鲍伊的声音充盈着酒吧，哈珀将她领到舞池里，走向仍在挥手的黛维。他转身确认苏利跟着他，拉着她的手，走到人群中央。

---

1 含双关，“小爬虫（bug）”在美国俚语里指能脱离航天器到月球表面探测的双人小型登月舱。

2 尤里·加加林（Yuri Gagarin，1934—1968），苏联宇航员、红军上校飞行员，是第一个登上太空的人。

伊万诺夫和泰尔吵架两周后的一个晚上，他们还在穿越小行星带，苏利醒来时听到黛维正在黑暗中低声对她说话。

“你醒着吗？”她在隔帘外头问道。

苏利揉开眼中的睡意，拉开隔帘，示意黛维爬进来。她们肩并肩躺在黑暗中，让彼此的体温抚慰焦灼的神经。灯光一灭，神经就触电一般紧张起来，不是对未知的将来忧心忡忡，就是沉湎于过去，没有其他事情可做。黛维靠苏利很近，苏利甚至可以感受到她压抑哭泣而颤抖的身体。苏利心疼地伸出手，将这位伙伴搂在怀里，告诉她一切都会好起来——但她无法说谎，她不知道如何同一个如此与人隔绝的女人建立关系。时间一周周过去，黛维越来越沉默了。这几天，她几乎不怎么说话。苏利静静地躺着，把脚歪向一侧，摩挲着黛维的脚。就在苏利几乎又快睡着时，黛维开口了。

“我一直在做同一个梦，”她喃喃道，“刚开始是我母亲在加尔各答厨房的颜色和气味，模模糊糊的，充满了香料的味道。然后我的兄弟们变得清晰起来，坐在我对面，互相用胳膊肘推推搡搡，用手指抓起米饭和木豆……我看见父母坐在桌子的另一头，小口抿着印度茶，微笑地看着我们仨。总是同样的梦境，反反复复。我们只是坐着、吃着，好像持续了好几个小时。然后，梦境渐渐远去。我突然明白他们消失了，只剩我一个人了，然后就醒了。”黛维幽幽地长叹了一口气。“它开始时如此美丽，”她低声说，“可是接着我醒了，发现自己在这儿，然后明白自己再也见不到他们了。一个梦境怎会如此疼痛呢？”

最终，这两个女人渐渐都睡着了，深夜时分，她们相互搂着，四肢缠在一起，仿佛这样能让她们更加坚强。当苏利醒来时，她看到黛维的脸颊上默默淌着泪水，在鼻窝处聚集起来，沾湿了枕头。苏利想象着，要是露西做噩梦之后爬上自己的床会是怎样的感受。那副瘦小而温暖的身体，裹着法兰绒睡衣，发烫的脸庞湿乎乎的，胸口颤抖不已。苏利努力回想她从前是怎么跟露西说的，怎么安慰她的——但是她记不起来，一直都是杰克带着露西回她自己的小床上睡。苏利靠黛维更近了一点儿，自己也流下了眼泪。

苏利在休斯敦初识黛维时，几乎立刻就喜欢上了她。

黛维是个安静的女人。她身材矮小，长着一双深色的大眼睛，这让她看起来纯真而年轻，甚至还带着点涉世未深的困惑——这与她表面之下擅长深度分析的头脑截然相反。在休斯敦刚开始水下训练时，苏利看到黛维站在一台帮助宇航员进出水池的起重机下面，若有所思地盯着它。泰尔和底比斯正在水下收尾一项舱外活动模拟训练，她们两个女人则在外等着轮到她们被吊进水里。终于，黛维顽皮地一笑，眼神从起重机上移开，回到水池上。

“太奇妙了。”黛维低声说。

“什么东西？”苏利问道。

“我父亲的仓库里有台一模一样的机器，”她说，“完全相同。我得告诉他，他一定对自己的选择很自豪。”

水池表面泛起波澜，一团泡沫在她们脚边聚集。水下一个巨大的“以太号”实体模型在泛光灯的照耀下熠熠闪光。训练基地的墙上插满了各国国旗，它们在水中的倒影勾勒着水面的边界，轻柔的水波拍打着池边，不同颜色的国旗卷在一起，而后又展开，一遍一遍，反反复复。苏利凝望水池深处，看到其中一名宇航员正缓缓上浮。两名潜水员将宇航员笨重的白色宇航服挂在起重机上，头顶上起重机的齿轮开始转动。黛维再一次望向起重机，而苏利则目不转睛地盯着上浮的宇航员。

“太奇妙了。”黛维再次感叹。

泰尔的白色头盔破水而出，苏利舒了口气，没有意识到自己一直屏着呼吸。

---

他们仍在小行星带漂流着，距离地球家园仍有数月的航行。他们开始迷失。所有人都一样，除了底比斯：他耐心地引导黛维完成她自己的工作，即使她睡得越来越少，注意力也越来越不集中；他能时不时地哄着泰尔离开游戏机，去温室走廊收割蔬菜；他会去实验室看望伊万诺夫，看看他在做什么，问他一些善意而体贴的问题，也留一些剩饭剩菜给他。苏利看到底比斯做着这一切，好奇地留意着。底比斯会坐下来和哈珀小声交谈，而后哈珀

的脸看起来会更放松一些，头也昂得高了一点。底比斯很坚强，也满怀希望，但六个人当中只有他一人如此。他无法救赎大家，只能尽力让事情变得轻松一点儿。他比其他任何人都更了解正在发生的一切。

一天早晨，模拟日光刚刚照亮“微型地球”，在厨房里的长桌旁，苏利正坐在底比斯对面喝一杯温咖啡。他正在读书——他不是在工作，就是在读书。其余宇航员要么还在睡觉，要么是在飞船失重区域工作。“微型地球”很安静，他们二人单独坐在一起。但即便如此，问起底比斯的家人是如何离世的，苏利还是轻声轻气的。她早就知道答案，但她想听的不是车祸的可怕细节，而是其他东西，一些她无法用言语表达出来的东西。底比斯在《黑暗的左手》[1]的书页上折了一个角，合上书，放在桌子一旁。

“你为什么想知道？”他耐心地问。

“我只是试图去理解，”她答道，努力吞咽自己声音中尖锐的绝望，咬紧牙关，尽力保持声调平稳，“你是怎么扛下来的，是怎么振作起来而没有崩溃的。”

底比斯凝视她良久。他抬手顺了顺剪得过短的头发，揪了揪耳朵。灰白的发丝已经爬过他的鬓角，攀上头顶，仿若藤蔓攀附着一面旧砖墙。自他们相识至今，白发已经蔓延开来，快要吞没

---

1 《黑暗的左手》（*The Left Hand of Darkness*），美国科幻名家厄休拉・勒吉恩（Ursula Le Guin，1929—2018）出版于1969年的科幻小说，获得了当年的星云奖和1970年的雨果奖。

他的整个头顶。但他的脸颊依旧光洁——飞船上的其他男人已经放弃刮胡子，任自己变得不修边幅、邋里邋遢，但底比斯没有。眼前的底比斯和从前的底比斯相差无几，几乎毫无二致——其他人都已改变，变得越来越迷失且忧郁，而且情况日益严重，但底比斯还跟这趟旅程刚开始时一个模样。他微笑地看着她，露出一排不整齐的门牙。

“我扛下来是因为没有其他选择，”他说，“关于这一点，我花了很长时间才熬过来。要知道，现在的我跟你一样崩溃，只不过我把内心的碎片分开处理了。我不确定要如何解释——每次只处理一片吧。你以后会明白的，我觉得。”

“如果我——如果我们学不会呢？”

“那就学不会吧。”他耸耸肩。他的声音平缓低沉，与离心舱的嗡鸣声和谐呼应，南非口音圆润浑然，口中吐露的音节像是美妙的音乐。“这些事情对每个人而言都不一样。但我看得出你正在学习——你原本魂不守舍，却又突然恢复正常，还问我这些问题。你晓得我是怎么做到的吗？我刷牙的时候就只想着刷牙这一件事。我更换空气过滤器的时候就只想着更换空气过滤器这一件事。当我感到孤独的时候，我会与其他人交谈，这对彼此都有帮助。苏利，此时此地，我们必须过好当下。靠着思念与回忆，我们帮不到地球上的任何人。”

她失望地叹了口气。

“这不是你想听到的？”他问道，嘴角弯曲，露出一丝苦笑，眼眸中深埋着悲伤。

"并不是。我只是——这太难了。"

他点了点头。"我知道,"他说,"但你是一个科学家。你知道是怎么回事。我们研究宇宙是为了求知,但到头来我们唯一真正知道的,是一切都会结束——只有死亡和时间例外。承认这样的现实的确艰难,"他轻拍她放在桌上的手,"但遗忘更难。"

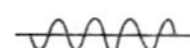

戈登·哈珀是最后一个抵达休斯敦训练基地的宇航员,比其他成员晚了一周。他与团队隔离,在佛罗里达州接受专为指挥官设计的单独训练。当他抵达时,其他人之间的关系已经很牢固了。他之前就当过指挥官,至少有六七次,但这次不太一样。一天早上,大家身穿太空服候在中性浮力实验室[1],等着轮流沉入水底,在"以太号"实体模型上进行紧张的舱外修理模拟训练,哈珀在中途加入他们。当他抵达时,苏利和黛维还在水里。当她们从水里出来时,他已经和其他人站在一起了,正含笑听着泰尔的玩笑,跟伊万诺夫交流他之前写过的一篇天体地质学文章,和他的老朋友底比斯打着招呼。

工作人员把苏利从水里拉出来,按步骤脱去她身上的太空服,这时她正对"以太号"上的那群男人。苏利好奇又紧张地望着哈珀,觉得他给人的印象不错。他似乎倾听的时间比说话的时

1 中性浮力实验室(Neutral Buoyancy Laboratory),模拟太空失重环境的水下训练设施。

间更多，对话时间均匀地分配给和他站在一起的男人们。所有人都在微笑，除了伊万诺夫，他并没有表露过多。大家似乎都自得其乐。她看得出哈珀让所有人都感到轻松自如。

她曾看过他的照片。一张是他飘浮在国际空间站的照片，另一张是穿着橙色发射服站在停机坪上的照片。但现在的他更苍老一些，脸上的棱角更加分明，晒得也更黑了。他的体格比她预想的更为高大，明显要比其他三个男人更高：比伊万诺夫高了一两英寸，比底比斯高了更多，比泰尔几乎高了一英尺。

“到目前为止，训练得如何？”他问其他男人，“一切都还顺利吗？”

伊万诺夫和底比斯点点头，泰尔则说了个笑话，苏利没听清。他们四个人笑起来，苏利拉紧自己的制服，迫不及待地等技术助理从起重机上解开自己，以便融入那个圈子。

哈珀穿的是大家训练用的蓝色连身衣，左肩上缝了一面美国国旗，心脏处是一个更大的美国空军徽章。他双手插进口袋，衣袖捋到胳膊肘处。浅棕色的头发很短，颈背和下巴一圈的皮肤颜色略浅，可能因为他新近理了头发、剃了胡子，暴露出之前被遮蔽起来、没被太阳照射到的皮肤。

终于脱下太空服后，苏利走向前去介绍自己。尽管迫不及待地想要见他，她却突然害羞起来。她尽可能久地注视他蓝灰色的眼眸，但还是率先避开了他的凝视——他眼睛里有一些东西让她觉得紧张，仿佛他看透了她的皮肤，直抵胸腔，看得见她怦怦作响的心脏上肌肉紧绷。

“你一定就是苏利文专家吧。”她还没来得及张嘴，哈珀便开口了，“很高兴能与你共事。我等不及想听听你对通信舱的计划安排了。”

他们握了手，她注意到他的手表向手腕内侧戴着。表面是古金色，表带破旧不堪。他的手掌宽大、温暖而干燥，他的握手既有力又温柔。

“谢谢，指挥官，”她回答道，“这是我的荣幸。很高兴见到你。”

他放开她的手。她总是觉得把手表面向手腕内侧柔软部分的这个习惯带有私密性，就好像看时间的同时，佩戴者翻开了一层自我：现出手掌，展露脉搏。过了一会儿，传来一声哨响，全体宇航员移步到一间会议室，听负责人正式介绍指挥官哈珀。所有人员围着精美的会议长桌坐着，艾瑟太空计划的负责人开始介绍哈珀的资质。那是一位名叫伊戈尔·克劳斯的女人，她组建了挑选“以太号”成员的委员会。她花了至少十五分钟介绍哈珀的生平，列举他的种种荣誉和成就，直到哈珀满脸通红。会议室里的所有人都希望她赶紧下台。等她终于下去之后，哈珀走上前去跟她握手，第一次正式问候所有成员。他都说了些什么？苏利努力回想着。她记得他带了便笺卡片，尽管他在水池边已与大家有过随和的交谈，他还是很紧张。“我很荣幸能与大家共事，”他宣布道，“我们将作为一个团队、代表一个物种，也作为独立个体，一同迈向未知。”

在“以太号”上，即使通信持续中断，哈珀依然是他们的依靠，是让宇航员们感到离地球稍近一点儿的缰绳。他向黛维请教飞船力学方面的知识，不断询问她有关生命保障系统、辐射屏蔽罩以及“微型地球”离心力的问题，试图将她拉回现实。哈珀和泰尔一起打电子游戏，委婉地听泰尔分享他的游戏心得，假装跟他一样认真对待游戏。当哈珀走进实验室时，即使是伊万诺夫也变得彬彬有礼起来，他给哈珀展示自己长久以来的工作成果，用稍带骄傲的语气向他解释其中的意义。哈珀和底比斯之间的情谊日益加深，苏利可以看到哈珀从年长的底比斯身上汲取镇定自若的力量，聚集在他自己身上，再传递给其他宇航员。他们两个曾不止一次一同进入太空，他们总是能够存活下来。他们二人共同努力，使所有人都能保持理智。

至于苏利，哈珀会来通信舱内跟她一起听探测器的声音，或是一起打扑克牌，抑或在她整理木星数据时画她的素描。他不必费力开导她，她也喜欢他的陪伴，甚至期待这样的陪伴。在“微型地球”的餐桌上，他们会面对面坐上几个小时。有时，当他锻炼的时候，她会从厚厚的科学论文中选一些读给他听。他脸上的汗水闪闪发光，他会取笑其中浮夸的措辞。她随声附和，同时也怀疑他对研究提出问题，其实是为她着想，而不是为他自己。有时，他们会谈起家乡，谈到他们想念的东西。然而家是一个未知而危险的变数，沉重如铅，会将每一丝希望拖回冰冷而黑暗的意识深渊。

苏利发现自己对底比斯说的话有了越来越多的思考：内心支离破碎后如何继续生活？泰尔、伊万诺夫和黛维开始意志消沉，要么沉湎在回忆里，要么活在对未来的期许中。每次她跟他们仨说话时，他们总是神游在外，漫不经心。苏利努力让自己不要像他们那样沉沦，试着在刷牙时就只想着刷牙这一件事，不再回忆温哥华的房子、杰克的古龙水香味，以及当她把皱巴巴的干净衣服放进露西的抽屉时，露西在走廊尽头拍打洗澡水的声音。每当她发现自己流连于某一年、某一个地方时，她就默数到十，然后发现自己又回到了“以太号”上，仍在穿越小行星带，仍在返回沉寂地球的路上。一天结束后，她会放下笔记，关闭机器，推着自己回到“微型地球”的入口。她感受着重新注满肌肉的重力、沉入胃底的食物，以及滑扫着背部的辫尾。她回到家了，此时此刻唯一重要的家。要是走运的话，哈珀也会在那儿，在桌子上洗牌。

“来吧，苏利——这次，你可要输了。”他会这么说，然后她会坐下，跟他一起打牌。

## 五

太阳升起后又迅速落下，所以奥古斯丁很难判断自己究竟躺了多久。他烧得通红滚烫，在梦境中来回穿梭，他会在黑暗中醒来，挣扎着坐起来，在睡袋中扭来扭去，像一只被蛛网缠缚的苍蝇。时不时地，当他睁开眼睛，看见艾莉丝徘徊在他跟前，喂他喝水，或是喝一大杯盛在蓝色杯子里的鸡汤——但他没力气抬手接杯子，甚至也无法卷动舌头说话，这些词句在他因发烧而沉重的脑袋里跌跌撞撞的：**靠近点儿**，或是，**我躺在这儿多久了**？或是，**现在几点了**？他只能闭上眼睛，再一次入睡。

在发烧的梦境中，他又变成了一个年轻人。双腿强健，视力敏锐，晒黑的双手光滑，手掌宽大，手指又直又长，头发乌黑，胡子剃得干干净净，胡楂儿才刚出头，在下巴上留下一圈暗影。他四肢矫健，行动流畅敏捷。他去了夏威夷，去了非洲，还去了澳大利亚。他穿着一件白色亚麻衬衫，没扣扣子，把熨平的卡其裤子挽到脚踝。他要么在酒吧、教室或天文台挑逗着姑娘们，要么裹着一件橄榄绿的野地外套沉浸在黑暗中，仰望着途经之地上方的那片璀璨星空，口袋里塞满了零食、工具、粗糙的石英碎片或是五颜六色、形状各异的好看石头。梦里有棕榈叶、桉树和克拉莎草丛。清澈的水边有雪白的沙子，落寞的猴面包树点缀着土黄色的平顶山。还有长着五彩翅膀和弯喙的长腿鸟、灰色的小蜥蜴和绿色的大蜥蜴、非洲野犬、澳洲野犬和一条他曾经喂养过的流浪野狗。在他的梦里，世界重新变得广袤辽阔、充满野性又多姿多彩，而他也是其中的一部分。仅仅存在本身就令人喜不自禁。梦境里也有摆满了嗡嗡作响的设备的控制室、巨大的望远镜和无穷无尽的卫星阵列。还有美丽的女人、女大学生、城里人和访问学者，要是有机会，他会和她们挨个儿上床。

梦中他仍是个年轻的小伙子，刚刚找到自我。他越来越坚信，他能够并且应该得到自己想要的一切。他聪明机智，雄心勃勃，注定不凡。他写的论文在最好的期刊上发表。无数的工作机会向他招手。《时代》周刊将他写进“年轻科学家”专号。赞美与崇拜接连不断，一直伴他步入中年。人们怀着无比崇敬的心情论述他的工作成果，“天才”一词频繁出现。所有的天文台都希望他能莅临研究，所有的大学都求着他来教书。他曾是备受瞩目的人物。

但谵妄却待他并不友好——日光渐隐，星辰昏暗，时间倒退：他又变成了那个站在精神病院大厅里的十六岁男孩。举止笨拙，满脸粉刺，看着两个男人护送母亲进入一间上锁的病房，父亲则在前台填写表格。自此之后，他便一个人和父亲生活在那座空空荡荡的房子里，和父亲一起去森林里打猎，和父亲一起开卡车，日子过得永远提心吊胆。在上大学之前，他去精神病院探访母亲。她用药过度，眼睛半闭，咕哝着说要做晚饭，双手放在大腿上颤抖着。十年后，他站在父亲的坟墓前，朝新铺的草皮吐唾沫，狂踢墓碑，直到大脚趾折断。奥古斯丁远远地看着这些场景中的自己。从他伤害过的女人眼中，从他欺骗过的同事眼中，从自己忽视、小瞧过的服务生、侍应生、助理以及实验室技术员的眼中，他一遍又一遍地看到自己的脸庞，总是过于忙碌，也过于雄心勃勃，以至于除了自己以外，看不到任何人。他第一次清楚地看到自己造成的破坏、伤害、难过以及愤怒。他拖着一副病躯，终于在内心深处承认，他感到羞耻。

梦境中的温暖、美丽和光景无比诱人，但当他试图抓住它们时，它们却悄然溜远。还有其他更为苦痛的回忆时时刻刻提醒着他。那是一些度分如年，甚至度秒如年的记忆片段：他用猎刀切入活鹿紧绷的皮肤时的感觉，滚烫的鹿血及其带有金属味的恶臭；曾被他视为身体不适的内疚和后悔等情绪，在肠胃或肺部深处剧烈搅动的感觉；父亲的拳头打在墙上、打在他身上、打在他母亲身上的声音。在去精神病院前，他的母亲是这样的：日复一日、周复一周地躺在床上一动不动，缩在拼缝而成的婚被下面，突然又像凤凰涅槃般活力满满，冲进起居室，眼里似在喷火，准备干个没完，动个不停。直到耗尽一切——气力、金钱、时间——她才会停下来，重新瘫睡进毯子里，一直卧床，直到她自己能够重新起身，或是被丈夫拽起来考验毅力。疾病让奥吉深陷在这些时刻里无法自拔，他被围困在记忆的高墙中，想忘却忘不掉。

~~~~~

过了一段时间——他也不确定到底多久——高烧退了。噩梦终于离他而去，他意识到自己醒了。他身体虚弱，但头脑清醒，肚子很饿。奥古斯丁坐起身，揉了揉眼角，赶走睡意，然后环顾控制室。房间原封不动。他转过头来，看见她以后，舒了一口气。艾莉丝正坐在窗沿上，望着窗外被暮色笼罩的冻原。听到他爬起身，踢开层叠睡袋的声音后，她转过头看他。他意识到自己从未见她笑过。她下排的一颗牙齿没了，可以看到粉红色的牙龈褶子透过缝隙显露出来。她的左颊上有一个酒窝，小小的鼻梁通红通红的。

“你看起来糟糕透了，”她说，“你醒了我很高兴。”

听到她的声音还是很稀奇。那音调的深沉和生涩再次令他讶异。听到她的声音后，他放心了。她像一只警觉的动物一样围绕着睡袋卧铺，抑制着激动的情绪，审视完所有细节后才靠近。她拿出一袋真空包装的肉干、一罐青豆和一把勺子，把它们举到奥吉面前。

“你还想要汤吗？”他拿食物的时候，她问道。他将青豆罐的密封盖拉开，把豆子舀进口中。她咬开肉干包装，放在他身
~~~~~

旁，然后起身去烧电热水壶。他狼吞虎咽过后，突然有了力气。吃完一罐青豆后，他用手背擦拭胡子上的豆汁，然后又吃起了肉干。

“我昏迷多久了？”他问。

艾莉丝耸耸肩：“可能五天？”

他点了点头。应该差不多。“你呢……还好吗？”

她奇怪地看着他，没有回答，转身回到水壶跟前，撕开清汤块的锡纸，丢进蓝色的马克杯里，等水烧开。杯子太烫，她拿不住，就放在厨台上凉一凉。她又回到窗沿上的老位置，再次陷入沉默，望向窗外逐渐被夜色吞没的冻原。

奥古斯丁开始在控制塔的楼梯上锻炼萎缩的肌肉。当他可以下到一楼再回到三楼而不会摔倒之后，他觉得是时候去更远的地方了。在外头的冰雪里行动很快就会令他疲惫，但他还是每天都会出去，有时不止一次。过了一阵子，他的耐力有所恢复。他会走下依山而建的狭窄小径，穿过被遗弃的附属建筑群，向宽阔绵延的群山走去。他气喘吁吁，虚弱不堪，但依旧活力满满，这一简单的事实，让他那老迈又疲倦的身体感到轻快。生存的喜悦和遗憾的沉重对他而言都是陌生的，但是两者驻留不散，他只得竭尽全力忍受到底。高烧梦魇中的那些感觉仍栩栩如生。他的肌肉因锻炼而酸痛，而那些流遍全身的陌生情绪也让他感到疼痛，仿佛在他体内奔腾的是别人的血液。

散步时，艾莉丝经常会跟他一起出行，不是跑在他前头，就是落在他身后。白日渐长，从不足一小时到几个小时，再到一整个下午的时光。日子一天天过去，奥古斯丁走得越来越远了，他的视线里总有艾莉丝戴着的那顶翡翠绿绒线帽。自他发烧痊愈后，她似乎变得不一样了，好像变得更活泼了——更有活力，更加好动，也更爱说话了。之前，她只是时不时地出现在他的视线里，不是坐在控制室的高处，就是悄悄地在附属建筑之间徘徊，总是飘忽不定、难以捉摸。而现在，奥吉似乎无法将目光从她身上移开。她无处不在。她的微笑依旧罕见，却灿烂无比，尽管不知怎的总是半隐在脸颊下方。

有一天，太阳一直低低地悬在空中，好几个小时之后才开始下沉，奥古斯丁走得更远了，比上次去停机库发烧以来的任何时候都走得更远。现在他总是往北走，向群山走去。不再往南走向冻原，因为那儿有停机库和那头狼的坟堆，粉红色的血迹衬着白色的积雪，留下鲜明的印迹。在北边，北冰洋在地球的顶端延展开来，像是盖在地球头部的一顶冰蓝色的帽子。海岸在几英里远的地方，他从不奢望能够步行这么远的距离，但他想象着，当海风以适宜的角度吹来时，未冻结的海水的咸味会飘过高大的冰川，钻到他细嗅着的敏锐鼻子里。他确信，走得越远，咸味就会越浓。

那天，他们已经走得足够久了，他的肌肉已经酸痛，甚至艾莉丝也减缓了步伐，小靴子在雪地上拖行着，而不是一步一抬腿。可奥古斯丁还想走得更远。他对自己说，前面有什么东西，是必须见到的，尽管他不知道是什么。太阳落到群山背后，向天空发散出缤纷的色彩，仿佛一个舞者向空中抛掷着丝绸围巾。他正欣赏着落日映照在积雪上，忽然看到变幻莫测的北方天空下，衬着一只动物的坚实轮廓。那是日光重回北极圈的第一天他看到的那头北极熊——他确信是同一头熊，倒不是因为他能通过任何明显的特征辨别出来，而是因为感受到自己心跳加快。那剪影如此庞大，肯定是一头北极熊。它一身长毛，泛着苍老的暗黄色。奥吉距它至少一英里，甚或数英里，但他依然能将这些细节看得一清二楚，像是用了望远镜一般。这就是他一直在寻找的东西。他仿佛就站在北极熊的身旁，或是骑在它宽阔拱起的背上，他的手指深深地钻进它蓬乱的皮毛，脚跟固定在它宽大柔软的肋骨架上。他可以感受到指关节之间厚实的皮毛，看到它泛起的黄色光泽以及熊鼻子上的粉红色血污，也能闻到干结的血渍透出一股腐烂的麝香气息。

北极熊停在山顶，扬起鼻子，脑袋转向一边，又转向另一边，最后转到奥吉所在的方向。穿着滑雪裤的艾莉丝正滑下一座小斜坡，绿色的绒球帽晃来晃去，她不晓得奥古斯丁正在看什么。奥吉和那头北极熊盯着彼此，他们之间隔着绵延数英里的雪地、参差不齐的岩石和肆虐的冷风，可奥古斯丁却觉得他们之间传递着一种奇异的投契。他羡慕北极熊体形庞大、需求简单、目标明确，但在这景色中也回旋着一丝寂寞，一种渴望与毁灭并存的感觉。这头北极熊独自徘徊在山脉间，他替它感到一阵彻骨的悲凉——它完全由生存机制左右。杀戮与啃啮，在雪地里打滚，在积雪与冰洞中进行必要的休眠，奔波于海洋与陆地之间：这就是它所拥有的全部、知道的全部和需要的全部。一股情绪翻腾而起，令他感到反胃，奥古斯丁意识到那是不满——对这只北极熊不满，也对自己不满。他是从高烧中恢复过来了，但为的是什么呢？他低头望前方的斜坡，刚巧看到艾莉丝横滚下来，停下后坐起身，绿色的绒线帽沾上了白雪。她朝他挥手，露出笑容——毕竟是个正在玩耍的孩子。往常的苍白面容自内而外地焕发光彩，白色的肌肤泛着红润光泽。当奥吉回头望向山脉，那只北极熊已经消失了。

"艾莉丝，"他喊道，"该回去了。"在回家的路上，艾莉丝紧挨着他，不是并排走着，就是走在他前方不远处，时不时回头查看他的行进状况。在最后一段路，他们沿着小径爬山回天文台，回到控制塔之家。她牵起他的手，就一直这样直到进了家门。

起初，奥吉觉得他的生活就应该如此安静而简单地结束：在这残酷无情的景色里，头脑渐渐迟钝，身体一天天虚弱。即使是在其他研究人员撤离之前，在令人毛骨悚然的沉默降临之前，在那谣传的大灾难发生之前——甚至在所有这一切发生之前，他来这里就是等死的。出发前几周，他还在南太平洋的温暖海滩上盘算着北极研究项目应该是他最后一个项目了。是他人生的终点、事业的巅峰，是为后世替他作传的传记作家留下的一个勇敢结局。对奥古斯丁而言，工作的结束与生命的结束是不可分割的。

也许等工作完成后，他的心脏还能再百无聊赖地多跳动几年，抑或不然，他不用去想这件事情。只要他的成果在科研历史上璀璨夺目，那么他在北极点以南几个纬度的地方独自漂泊、孤单离世亦令他心满意足。在某种程度上，人员撤离行动让事情变简单了。但是，当他看到那头庞大的黄色北极熊在山脉上回望他时，一些东西在他身上生发了。他想到了艾莉丝。比起无人做伴，他对她的存在心怀感激。这种感觉如此陌生，如此令人意想不到，感化了他内心的一些东西，一些陈旧、沉重又顽固的东西。而紧随其后的，则是一个全新的开始。

早些时候，当他和艾莉丝一起待在天文台时，他曾十分随意地设想自己死后艾莉丝会怎样。但随着太阳在天空中悬挂的时间越来越长，在看到那头北极熊之后，他开始更加认真地思考这个问题。奥吉不再只想着自己，也开始为她考虑。他想给她一些不同的东西——联结，爱，集体。他不愿再为自己的无能为力寻找借口，好像除了把自己的空虚传递给她以外，无法再给她任何东西。

其他科学家撤离之后，他曾漫不经心地尝试与理论上还残存的人类联络，想要了解在他居住的冰冷世界之外发生了什么，但当他知道卫星已经沉寂、商业广播电台也已经停播后，便放弃了搜寻。已经无人可以联系，这想法让他觉得释然。那些东西，世间的一切，都已终结。受困于此的这一现实并没有令他困扰——因为这正是他长久以来的计划。

但在那之后，情况就变了。他突然下定决心，一定要找到另一个声音。尚有幸存者的这个可能性一直盘旋在他的脑海深处。但即使他足够在意，将他们一一找出来，也会因为天文台地处偏远地带而让这样的联系显得毫无用处。就算他能找到一块人类的幸存地，也无法到达那里。但是，联结本身突然变得重要起来。他知道概率极低，很有可能他的搜寻不会有什么结果，或是一无所获。他知道没人会来救他们，甚或发现他们。但即便如此，这全新的感觉，这陌生的责任感，这决意寻找另一个人的信念，都令他充满活力。他抛开望远镜，转而使用无线电波。

当他还是个十一二岁的男孩时，奥古斯丁对无线电波的了解甚于对自己身体的了解。他用电线、螺钉和半导体二极管组装成矿石收音机[1]，很快又开始了更为复杂的工程——发射器、接收器、解码器。他用从工具箱里、废弃的家电上弄来的真空管、模拟晶体管和数字晶体管制成了收音机。他在院子里制作大型天线和偶极天线[2]，把三角形箱子放在树上——所有能用的都用上了。他把所有的空闲时间都花在这些事情上。最后，奥吉的爱好引起了父亲的注意，这种全新的默契令他们二人都出乎意料。父亲是一个机械师，不是修汽车的，但是在车厂工作。他白天接触到的都是庞大的机械，比房子还大。当自己的

1　矿石收音机（crystal set），最简单的无线电接收装置，因早期用于探测矿石而得名。

2　偶极天线（dipole），由对称放置的导体构成的天线。

儿子把玩起最小的机械时，小男孩挑起了父亲的好奇心。奥吉制作收音机之前，一直是母亲的儿子，是面糊的搅拌器、土豆的削皮器和陪母亲去美发沙龙的护花使者。母亲精神健康得可以做饭时，奥吉就在厨台上做作业，要是她精神不济待在卧室里，他就会像只小狗一样蜷在她的床尾。奥吉是母亲的吉祥物，是一个善于迎合母亲心情的小男孩。虽说他只是一个孩子，但奥古斯丁感觉得到，父亲讨厌自己跟母亲之间的融洽关系，尽管他不知为何。

他能敏锐地察觉到母亲的情绪转变。他能在她之前感受到黑暗的降临。他知道什么时候该让她睡在昏暗的卧室里，什么时候该拉起百叶窗；出去办事却不尽如人意时，他知道如何哄她回家。他用这样微妙的技巧操纵着她，而她从未心生怀疑，只把他当成自己的小儿子、值得信赖的朋友和时刻相伴的伙伴。没人能像他那样安抚她，他的父亲尤其不行。奥吉操纵母亲的情绪是有必要的。控制住她是他唯一能保护她的方式。他越来越善于此道，便自以为已经解开了她的痛苦，已经战胜了她的苦难——他以为自己已经治愈了她。

在他十一岁的那年冬天，她躺下后，直到来年春天都一直卧在床上。那个冬天让他明白，她是他永远无法解答的一个谜团，即使他再努力、再熟练，也无法真的理解她。突然之间，他变成一个人了，备感孤独。没了她，他不知道还能做什么。在父亲的痛斥下，母亲像个婴孩一样蜷在床罩下面一动不动，奥古斯丁则退避到地下室，在摆弄一目了然的电子元件中找到新的乐趣：电线的连接，电流的流动，简单的机制完美地合成一体，像变魔术般创造出奇妙的东西，在稀薄的空气中捕捉到和谐动听的音乐和话语。在学校上的有关安培、瓦特和电波的基础课程，成为他开始动手的一个契机。他向来是个聪颖的好学生。在黑暗发霉的地窖里，他会就着一圈晕黄的灯光，自学其他知识。在极少数情况下，父亲会沿着摇摇晃晃的木台阶走下来，跟他坐在一起，但奥古斯丁鲜少喜欢这样的拜访。大多数情况下，父亲过来不过是责备他，告诉他犯的错误，幸灾乐祸地看他失败。自那时起，家里每个人都清楚，奥吉才华平平，而他父亲逮着任何机会都会惩罚他。

多年以后，时至今日，在极寒的北极地区，有关地下室的记忆仍清晰可辨。奥古斯丁似乎依然独自坐在那里，一个人摆弄着摊在工作台上的电线轴、锗晶体管、基本放大器、振荡器、混频器和滤波器。右肘旁的烙铁已经通电加热，左手边是他最新设计的电路图：一幅污迹斑斑的铅笔素描，用小箭头和歪歪扭扭的符号提醒自己电流的方向。在这些记忆里，父亲往往是不受欢迎的，他的声音却时不时闯进来：

“什么样的白痴才不懂修复晶体管？”

“这看起来像是两岁小娃娃做的玩意儿。”

在天文台的控制室里，奥吉反复检查卫星电话和宽带网络，确保没有忽略任何东西。研究基地的通信主要依靠卫星，总是不稳定，但若卫星电话或宽带不再管用，自然也谈不上成功的卫星连接，剩下的只有业余无线电了。他在控制塔和附属建筑中搜寻可能有用的东西，但没找到太多。那里的设备只是备用的。现有的系统装置不太理想，信号强度勉强能够联系上本岛最北端的军事基地，主要用于与经过的飞机通信。电源供电能力差，天线的敏感度更差；只有非常接近、非常强大或是侥幸与天波[1]一同反射的信号才能被捕捉到。前提是，外面还有人能听到。

这让他想起从前在地下室的岁月，打开自己的机器，播出当天的第一个 CQ 信号[2]：简单直接，目的明确。他在寻找人，无所谓是谁。QSL 通联卡[3]是两个业余无线电操作员之间的通信确认函，他曾收到众多联络人寄来的卡片，并将它们归档保存。通联卡片各式各样，有的用业余无线电呼号[4]诚恳地描摹出操作员所在州的轮廓，有的用卡通画傻乎乎地画着操作员像猴子或湿衣服一样挂在天线上，还有下流的卡片上画有挺着大胸脯的半裸女人靠着无线电设备，握着手持麦克风呢喃。奥古斯丁坐在地下室里，扫描着无人回应的业余无线电频率，对着麦克风

1 天波（skywave）是经过空中电离层的反射或折射后返回地面的无线电波。

2 业余无线电或广播通信前开始的无特定联络对象的呼唤信号，相当于“注意”，任何人都可回应。

3 业余电台及广播台特有的确认联络或收听的凭证，QSL 意即“收信确认”。

4 通常由前缀、分区号和后缀三部分组成。在美国境内，前缀通常是一两个字母，以 K，N，W，AA~AL，KA~KZ，NA~NZ，WA~WZ 开头；分区号通常是 0 至 9 的数字，分别指代美国各州；后缀通常是一至三个字母。

发送他的信号，无论要等一分钟还是几个小时，最后总会有人回复他。

一个声音会填满他的扬声器，说道："KB1ZFI，这是谁谁谁在回话。"他们会互通地址，奥吉会在身旁的地图册上计算彼此相隔的英里数——联系人相距越远越好。QSL通联卡只是为了好玩，倒是联络本身最令他痴迷，一想到自己能向全国乃至全球各地发送信号，与任何地方的任何人进行即时联络，他便惊喜万分。在无线电波的另一头总归会有人——他不认识的某个人，无法描绘的某个人，一辈子都不会见到的某个人，但总能听到他们的声音。在与人初次联络后，他并不着急与对方隔着无线电波聊天。他只是发出信号看看是否有人在，一旦知道确实有人，他便心满意足了。在初始连接成功之后，如果天气不错，信号也能传播得很远，他可能会发出去两三个甚至六七个电波信号。完成CQ拨号后，他会关闭设备，画几张自己的QSL通联卡——一个简单的球体向太空发射信号，周围点缀着散落的星星，顶端是大写字母组成的呼号——然后一个人继续在地下室里孤独地摆弄电子元件。这是他作为一个孩子最幸福的时刻。独自一人，没有学校里那些孩子的霸凌，没有母亲的变化无常，也没有父亲贬低的言论。只有他一个人，还有他的仪器，以及自己脑海中的纷乱思绪。

在北极，他精心调试着设备。等他终于满意后，便启动所有部件。艾莉丝一直在旁边看着他工作，一脸漫不经心的好奇，但未置一词。当他开始传输信号时，她就在屋外的附属建筑之间徘徊。奥吉能透过窗户看到她，看到雪地间她那小小的黑色身影。他拿起手持麦克风，按下“传输”按钮，然后放开。他清了清嗓子，再次按下按钮。

“CQ，”他说，“CQ，这里是 KB1ZFI，K-B-1-Z-F-I，完毕。CQ，有人在吗？”

## 六

通信舱内，苏利从一台机器飘到另一台机器。她的膝盖微微弯曲，两个脚踝盘在一起，像个游泳者那样用手臂推动自己。她的发辫飘浮在身后，绑在腰间的连身衣空袖子像额外的肢体悬在腹部。“以太号”已经在小行星带飞行得很远了，以至于木卫探测器的传输数据开始出现延迟现象。当它们抵达苏利的接收器时，木星系统的信息已经过时了。随着他们一点一点远离木星、靠近地球，数据也一天天变得更为陈旧。最近，她已经开始忽略她的探测器，转而扫描地球家园的无线电频率。她不再满足于仅仅检测深空网络指定的频率，而是一遍遍地扫描整个通信频谱。应该能有一些噪声污染的：卫星喋喋不休的声响、游离的电视信号，以及穿过电离层逃到太空的甚高频[1]或是特高频[2]传输信号。她心想，按道理应该**有的**。这样的沉寂是反常的。不该是这样的，也不可能如此。

苏利没有告诉任何人。跟其他人分享无人应答的正弦波[3]并没有太多意义，不过是一再确认了同样的坏消息，但至少，扫描所有频段能帮她打发时间，让她觉得自己正在做一些事情。在某种程度上，他们离地球越近，她明白的就越多。她心想，说来奇怪，木卫探测器现在看来似乎毫无意义。她愿意交换一切，愿意用他们收集的每一个字节的数据、他们学习到的每一件事，来交换接收器里的一个声音。哪怕只有一个也好。这不是讨价还价，也没有夸张，而是事实。初登“以太号”时，她觉得没什么比木星探索更重要，而现在——所有其他的一切都变得更为重要。他们执行任务的全部目的如今看来已无关紧要，毫无意义。日子一天天过去，漂流太空的机器和恒星及其卫星散发的宇宙射线仍传输着二进制数字信号，除此之外，再无所获。

苏利把自己推回“微型地球”，在宇宙飞船弯弯曲曲的通道里飘来飘去。它们看起来空荡荡的，内里却隐藏着储物间和电子

---

1 甚高频（Very High Frequency，VHF），波长范围 1m~10m，频率范围 30MHz~300MHz 的电磁波。

2 特高频（Ultra High Frequency，UHF），波长范围 1dm~10dm，频率范围 300MHz~3000MHz 的电磁波。

3 正弦波（sine wave），频率成分最单一、通信中最常用的基本信号。

元件，而“以太号”的脏腑则隐秘地分布在浅灰色的管道里层。苏利头朝下飘进温室走廊。墙面上排满了航空蔬菜生长箱。苏利解开绑在腰身的连身衣袖子，耸着肩膀钻进衣服的上半部分。靠近“微型地球”的入口后，她向上伸手抓住软壁墙面上的一个横梯，整个人翻转过来，双脚朝下进入将飞船其他部分与“微型地球”相连的通道。她沿着一条短通道下落，重力渐渐加剧，她“砰”的一声落在离心舱内置于沙发和运动器材正中间的着陆垫上。苏利的双脚被地面牢牢固定住，仿佛鞋底有吸力。她停了一会儿，等待身体适应过来，找回平衡。她拉上连身衣前面的拉链，解开发辫，浓密的头发像长绳一般沉沉地落在肩上。离心舱内的重力立刻让她感到筋疲力尽，仿佛自己已经连续跑了好几个小时，好几天都没合过眼。等双腿站稳后，她走向沙发，坐在泰尔身旁，看着他打完一局第一人称视角[1]的射击游戏，以此掩饰自己的疲劳。两年的旅程显出了影响——她感觉自己的肌肉逐渐萎缩，身体每况愈下。出发的时候，她的身体处于最好的状态，但今非昔比了。有那么一会儿，她好奇重新适应地球上二十四小时的重力会是怎样的感受，但很快便止住思考。现在想这个没什么意义了。泰尔把控制器扔到地板上，转头看她。

“要一起玩吗？”他问。

她摇摇头。“不了，”她说，“待会儿再说吧。”

---

1 第一人称视角游戏（first-person game），一种动作类游戏，画面以主角视角呈现，玩家代入感强。

他叹了口气，向她挥手告别，马上又沉浸在屏幕上的光亮之中。苏利站起身，沿环形道的缓坡走过厨房区域。底比斯和哈珀正坐着读书。哈珀读的是平板电脑，底比斯读的是他坚持带的另一本平装书——这一次是阿西莫夫。起初，考虑到这些书籍会占据空间，他们还争吵过。底比斯争辩道，这不会占据太多空间的。由于底比斯从来没有争论过任何事情，所以任务监督委员会介入进来，驳回了不同意的人。委员会将这些额外的书籍列为心理健康必备品。当时，所有宇航员都笑话这件事。现如今，看着底比斯翻着书页，苏利想起那个短语：**心理健康必备品**。人类的思想从未像现在这样面临考验。他们是否本可以准备得更完善一些？训练得更扎实一些？什么工具现在能帮到他们？这听起来很可笑，但这些书，这些用曾经生长在地球家园的树木制成的一册册书页，写满了虚构的故事，也许正是它们让底比斯比其他人更为镇定。

苏利在长凳上坐下。底比斯和哈珀一同抬头。“通信部进展如何？”底比斯问道。

她耸耸肩。“还行，”她说，“你们按时吃饭了吗？”

他们点点头。“我给你留了一些，”哈珀说道，“我们吃的时候，本来要用广播通知你的，但我估摸着你还在处理事情。”

苏利看到炉灶上放着一个餐盘，有几条试管牛肉、航空养殖的甘蓝和一坨冻干的土豆泥。看到这样的晚餐被精心摆在餐盘上，比平常的饮食高了几个档次，她忍不住笑了。“哇，真高级。”她说道，把盘子端回餐桌。底比斯用拇指指向哈珀。

“都是他干的，”他说，“指挥官今晚露了一手。”

苏利用叉子叉了满满一团土豆泥，又扎起一片甘蓝叶子。“看得出来。”

“哪有。”哈珀假装尴尬，也可能是真有些尴尬——她讲不清楚。他放下平板电脑，略微提高了嗓门，好让泰尔也能听到他说话：“有人想打一局扑克牌吗？”

他说话时看着苏利，他知道她是唯一会玩牌的人。泰尔拒绝了，底比斯也一样，黛维隔间的帘子已经放下，从里头传来一声低沉的“不了，谢谢”。“你怎么说，苏利文？”哈珀坚持问道。

“好的，但得等我一下。”她回答道，思量着黛维无精打采的回答。苏利走近黛维的隔间，用指关节敲打隔间侧壁。“嗨，我可以进来吗？”她没等邀请就直接进去了。隔帘里侧，黛维蜷着身子搂住一个枕头，将它紧紧抱在胸前，鼻子埋进枕头顶部，双腿则缠住枕头。

“当然可以。”黛维迟缓地低声说道，但依旧一动不动。

“你今天做了些什么？”苏利坐在床上问她。黛维耸了耸肩，但什么也没说。“你吃过东西了吗？”

“是的。”黛维回答道，没有更具体的说明。然后，过了一会儿：“跟我随便说些什么吧。”

苏利等了一会儿，黛维沉默着。就这么简单。随便说些什么。苏利躺下来，两只手臂拢在脑袋下方，思索着可以说些什么。有什么值得说的呢？过了一会儿，那天早上经过温室走廊的事情浮现在脑海里——但她改动了一下，没有提到地球。

“你知道那株一直没有结果子的黄色番茄植株吗？今天我注意到它开了几朵花，可能就快结果子了。泰尔说我们差不多快越过小行星带了，可能还要再过几周。”苏利抬起脚，抵住黛维床铺的顶板，盯着自己的脚趾，脚上穿的是发给大家的橡胶套袜。从这个角度看，它们很奇怪，像是外星人的蹄子。苏利由着双腿扑通一声落回床上。

“木卫探测器仍在传回数据，但是数据太多了，我有时没心思分类编目。很难再在乎那玩意儿了。”她迟疑了一下，担心自己触碰到了敏感话题，但黛维没说什么。苏利换了个话题，神秘兮兮地低声说：“今天我撞上伊万诺夫从盥洗室里出来，是真的撞上了。他真是个浑蛋——你知道的吧？好像飞船这么小是我的错一样。好像没了我们，他一个人孤零零地待在这儿，对着岩样乱发脾气就称心如意了。”

管用了。黛维至少翻过身，给了苏利一个浅浅的微笑。“他永远不会对岩样生气的。”她低声说。

她们小声笑起来，但滑过黛维唇边的笑容一闪而过，几乎立刻就消失了。

“他对人不友善，我认为是因为比起害怕，生气更容易些。”黛维说道。她顿了顿，把胸前的枕头搂得更紧了。“我真的累了，好吗？但谢谢你过来打招呼。”

苏利点点头。“如果你需要任何东西就告诉我。”她说，然后扭着身子退出隔间。哈珀正在餐桌旁等她，洗着扑克牌，得分表就在手边。

“准备好了吗？”他问。

“嗯，我准备好教训某人了。”她开玩笑道。看到黛维如此低落，这玩笑开得空洞而勉强。“说不定是你自寻死路呢。”她的餐盘上还有吃了一半的晚餐，刚开始是温的，现在已经冷掉了。她并不介意，折了一片甘蓝叶子送进嘴里，擦掉沾在脸上的一抹橄榄油。他们像从前一样玩拉米纸牌。苏利赢了第一局，然后是第二局。一个小时之后，底比斯向他们道了晚安，回到自己的隔间。哈珀分发第三局手牌，当他放下纸牌，翻开黑桃A时，苏利想起自己还是个小姑娘时学习玩纸牌的事情。“微型地球”的银色离心舱仿佛消失了。有那么一小会儿，她像是看到了莫哈维沙漠深处的母亲用纤细的手指把纸牌放到仿制木桌上。

在她八岁左右的一个下午，母亲教她如何打牌。当时琼正在深空网络的戈德斯通基地加班。她们两个人，母亲和女儿，住在沙漠里。那是个炎热的午后，琼——苏利向来对母亲直呼其名——一下午都被困在信号处理会议中。由于没人能照料苏利，也没人能带她回家，琼向一个实习生借了一副扑克牌。会议休息期间，琼把苏利带到她的办公室，也就是一个正方形的隔间。她让苏利坐下来，告诉她如何打牌。苏利拨弄着母亲的塑料名牌，**琼·苏利文，博士**，假装很专心。

“红色上面叠加黑色的，黑色上面放红色的，依次如此，直到你能把所有的花色归到纸牌A上。听明白了，小熊宝贝？”

实际上，苏利一直知道怎么玩牌，她是从一个保姆那里学会的。然而，当琼问她想不想学的时候，她用力地点点头。其他的且不说，这可是能分得母亲额外五分钟的机会。苏利不介意被困在母亲的办公室，那时她已经习惯了。对苏利而言，离琼越近越好。长久以来，她们相依为命。苏利喜欢这样。苏利没有质询自己为什么没有父亲——她也没什么可以比对的人。

哈珀拿起手牌。她也不假思索地拿起自己的，盯了几分钟才看清手上的顺子：红桃 9，10，J。她把它们以扇形展开，继续抓牌，然后丢下不要的牌，用三张牌盖住可恶的黑色 A。她越过手牌顶部看向哈珀，与他眼神相对。原来哈珀早就在盯着她看了。他的脸庞布满深深的皱纹，她试图像读懂一句话那样读懂它们：眉毛上方有三道弯曲的破折号，嘴角两边各有一个括号，眼角外侧像太阳光线一般发散出去六七个连字符。一道细细的白色伤疤横穿一条浅棕色的眉毛，下巴处还有另一道伤疤，埋在胡楂儿里头。

“你在想什么呢？”哈珀问道，这个问题很暧昧，令她错愕。这是爱人之间才会问的那类问题。她突然觉得自己暴露了，连忙眨了眨情不自禁湿润的双眼。她不愿意在另一个人面前落泪。她等了一会儿，直到喉咙松动，确信声音不会出卖她后，才回答这个问题。

“我只是在想戈德斯通，”她说，“想起我还是个孩子时住在那里的情景。我的母亲在信号处理中心工作。”

哈珀继续看着她。他的眼睛是刚毅的浅蓝色。“有其母，必有其女。”他说道。轮到他了，但他没有继续抓牌，而是等她继续说下去。

“一个夏天，她教我玩纸牌。我已经知道怎么玩了，但我希望她关注我，所以就让她又教了我一次。”苏利理了理自己的牌，然后又理了一遍，“说来好笑，为得到她几分钟的关注，我愿意做任何事情。那时候，她只知道工作。直到她结婚，又生了两个孩子，才完全不工作了。但那时，我已经长大了，那对双胞胎姊妹更有意思，后来……我不知道。我猜自己不再需要她了，她也不再需要我了。”

哈珀慢慢拿起一张牌，瞥了一眼，又放回桌上。

“你那时几岁？”他问她。

“她结婚那年，我十岁。继父把我们带回了加拿大，她也是加拿大人。他是她读高中时的男朋友，之后她去读了研究生，最后跟我一起待在戈德斯通。我不清楚，我觉得她在某个时刻放弃了，就像她本来期望随着我长大，随着她自己在深空网络立稳脚跟，一切能变得更容易些。然而，恰恰相反，一切反而更艰难了。她无法喘息。然后我的继父就出现了，这个善良至极的男人守候在她身旁，时过境迁后依然对她苦苦思念，给她打电话，给她写信。最终，她只是……屈服了。放弃了她的工作，去了北方，最后跟他结婚。之后很快就怀上了那对双胞胎。我想，她们是在我十一岁时出生的。”

哈珀额头上的皱纹颤动着，向发际线扬起。她盯着自己手里的扑克牌，这样就不必看到他露出同情的神色。*闭嘴*，她自责道。这一切说出口后听起来如此平凡——寻常不过的童年、婚姻、孩子——但苏利还是对离开戈德斯通，前往冰冷孤单的加拿大的旧事耿耿于怀：亲切优秀的母亲被两个尖叫啼哭的婴儿夺去；继父虽善良却生疏，虽体面却冷淡——不至于残酷到令人憎恨，但也不至于深情满满到令人喜爱。她还记得那架天文望远镜，她和琼以前常常把它装进那辆锈迹斑斑的埃尔卡米诺[1]车后的载货区，驶进沙漠深处，只有她们两个人。她们开车时会开着窗户，琼的长发会飘满车厢，像黑色飓风一样鞭打车顶下垂的衬垫。发丝向打开的车窗摸索而去，妄图触摸外头凉爽干燥的深夜。

她们会架起望远镜，铺一张毯子，在那儿待上数小时。琼会指给她看行星、星座、星群和气体云。每隔一段时间，国际空间站会转进视野中，发出明亮而短暂的光，只停留片刻就消失不见，旋转到世界的其他地方。第二天，苏利上学时会疲累，但是心满意足。母亲向她展示过宇宙，学校里的课程就太简单了，她梦游都能通过。在加拿大，当母亲结了婚，怀了孩子，而后又被那对双胞胎搞得脱不开身时，苏利会自己把望远镜拖出来，搬到二楼冰冷的露台上。周围栽满了松树，带针的大树枝在木质平台上晃来晃去，阻碍了她的视野。没有母亲在她身旁，星星似乎都不那么明亮了，但漫天星辰依然能够抚慰她。即使身处这个寒冷孤寂的新地方，她也能找到从小学习辨认的星图——虽然纬度不同，参照物却相同。即使是在那里，她也认得出在高大松树的羽

1　埃尔卡米诺（El Camino），雪佛兰汽车公司推出的车型，混合了轿车（车身）和皮卡（车尾）的双重特征。

状松针上方闪闪发亮的北极星。

“就是这样。”苏利说道，但没什么可以更换的话题。哈珀放下一把顺子，扔掉不要的牌。“你以前——你现在有兄弟姐妹吗？”她问道，试图填补沉默，甚或是交换个人信息，就好像他们在记录得分一样：每坦白一点就得一分。

“是的。”他缓缓地说道，仿佛不甚确定。有一瞬间，他像是不会继续说下去了。“我有两个兄弟、一个妹妹。”苏利等待着。再经过几轮的抓牌和丢牌，哈珀终于继续说了下去。

“我的两个兄弟都过世了，但不把他们算上就太奇怪了——他们一个是在几年前因药物过量而死，一个是在我们还年轻时溺水而亡。我的妹妹一家住在米苏拉。有两个可爱的孩子，都是女儿。她的丈夫真是个蠢蛋。”他把一把顺子拍在桌上，调皮地咧嘴笑起来。“现在你可麻烦了，专家。”他说道，即使她明显会赢。她对他摇了摇脑袋。

“继续白日做梦吧，哈珀。”她说。她思量着要不要问他家谁是最年长的，但她并不真的需要这么问。就算他不说，她也知道他一定是最年长的那一个。他引导宇航员们的方式，将大家聚在一起的方式，像是把远离队伍的迷途小鸭子赶到一块儿。这足以证明他就是那位已经失去了两个弟弟的长兄。苏利无法想象他排在行末或是居中——他总是一马当先，一直领导着大家，保护着身后的人。

苏利想起自己短暂的独生子女生活。想起舌尖尝到沙漠中沙砾的滋味，天鹅绒般的夜空里缀满点点星光。她知道，闭上眼睛就可以回到过去，沉浸在回忆中，躺在母亲身旁，辨认小熊星座（这是她学会寻找的第一个星座），脑袋斜靠在埃尔卡米诺车的后轮胎上——但她没有闭眼。她睁大双眼，凝视坐在对面的男人，在他的脸庞、脖子和双手的肌理中寻得抚慰。哈珀浅棕色的头发中间夹杂着几缕灰发，像银色阴影一般糅进这中性的色调。他的头发蓬乱地生长着，上次理发是泰尔给他剪的，早在好几个月前穿越火星轨道的时候。他头上竖起歪斜的发束，仿佛刚刚起床。在他移动时，有一处发卷引人注目，摇摆不定。苏利记得自己女儿在很小的时候，头发也会类似这样摆动。不去回忆过去是不可能的，她不可自抑地自我沉溺，想起那些她可能再也看不到的东西。

这把牌结束了。数完牌后，哈珀以微小差距获胜。他看起来很是舒心。“呼，”他说，“我想着要是自己再输一把的话，就不得不表现得谦虚一点了。看来没必要了。”

他将扑克牌并成堆，拢起来拍齐。“再来一局？”他问。

她耸了耸肩：“就再来最后一局吧。”

她看着他发牌。他的衣袖被捋到肘部，她可以看到铺排在他前臂上的浓密金色汗毛和手腕处坚牢的骨骼。他戴着手表，和初次见面时戴的是同一块。他一直都戴着这块表，表面朝内贴着脉搏，表带扣子向外展露。他的双手宽大，手掌和指腹的皮肤粗糙，指甲剪到肉根。苏利好奇他会想念些什么，又留下了什么。在这样的闲暇时刻，他会想起谁？某个朋友、某个情人，还是某位导师？她对他的简历烂熟于心，就像熟悉其他所有人的一样，但是知道他两次拜访空军后便获得航空和航天博士学位与了解他本人并不一样——了解他本人，意味着知道他是否崇拜他的父亲，他恋爱过几次，或是在他还是个十多岁的孩子时，当他望着蒙大拿的日落，他想到的是什么。她知道他来回穿越地球大气层的次数比人类历史上的任何一个人都多，知道他做饭比自己厉害，知道他拉米纸牌玩得很糟糕，尤克纸牌玩得还行，普通扑克还算擅长。但她不了解的是，当他在活页日记本上涂涂画画时，他写下的是什么；当他入睡时，他思念的又是谁。

苏利没有问他，而是想象着答案：他非常爱自己的父亲，自父亲离世后，他便以一种前所未有的热切一直思念着他。他的母亲还活着，但他对她则不太一样。他恋爱过几次：第一次是青春年少，爱情炽烈而稳定，后来却像灯光一样熄灭了。第二次是年近三十，向一个女人求婚。那女人虽然当时同意了，后来却和他的同事上了床。这让他心碎至极，敏感小心。

他的脸上洋溢着第三次爱恋，苏利却没能看透。

她从脑海里盘旋着的所有问题中只选了这一个："你最想念家里的什么？"

她理了理手中的牌，没有仔细看到手的是什么，而是盯着他的脸庞。他在咬紧牙齿时，下巴会有一阵起伏，他若有所思地嘟了嘟嘴。

"我的狗，贝丝。"哈珀说，"她是条巧克力色的拉布拉多，养了八年了，在这之前养的是它妈妈。听起来很蠢，但我非常想念它。我请邻居代为照看——他跟我一样喜爱它。比起跟人类相处，我跟老伙计贝丝相处得更好。”

在离心舱的中央，他们听到泰尔关闭了游戏机，拖着步子进入盥洗室，然后又走出来。在爬回自己的卧铺隔间、拉上隔帘前，泰尔郑重又困倦地朝苏利和哈珀点头致意。

“你呢？”哈珀问。

“我的女儿，露西。还有热水澡。”

他笑了。“我想，比起洗澡，我更想去山上。或是广阔空旷的田野。”他沉下声音，用夸张的语气小声说道，“要是能让我在一片田野里走上五分钟，我愿意把伊万诺夫扔进气闸舱[1]。”

苏利屏着呼吸，咯咯笑起来。这时，伊万诺夫恰巧神奇地从入口落进来，苏利一阵爆笑。伊万诺夫经过他俩身边，沿着环形道迈着大步子，苏利笑得把脸埋进双手。伊万诺夫面带愠色，径直爬上了床，没对他们说一句话。哈珀向苏利抛了个严肃的眼神。

“你注意点儿，苏利文。”

她点点头，嘴唇紧闭，以免再次爆笑。她突然想起黛维说的话，说伊万诺夫容易受到惊吓，便彻底止住了笑声。她怀疑自己有时将悲伤误认作愠怒了，其实他比她以为的更为脆弱。隔帘内，伊万诺夫的阅读灯熄灭了。

---

1　气闸舱（airlock），供宇航员出入太空的舱室，内闸门与密封的座舱连接，外闸门通向太空。在一些科幻作品中，太空船上处置人犯的方式，便是将其置于气闸舱内，封闭内闸门后，打开外闸门，将人犯抛入太空。

“你丈夫呢？”哈珀边问边抓了一张牌。

“前夫。”她纠正道，本打算补充说明些什么，但意识到无论怎么说他都没有意义了。杰克是一处雷区，植满了怨恨以及甜蜜而致命的尖利碎片。每当她偶然想起一段明亮而欣慰的回忆——比如说，杰克躺在沙发上，两岁的露西脸朝下趴在他的胸口，二人的鼾声此起彼伏——她就会引爆深埋在几英寸下的痛苦，被猝不及防的爆炸震回现实。露西八个月大之后就不再跟苏利一起睡了。她换了个话题。

“我可以想象你在蒙大拿的广阔土地上奔跑，骑着你的黑马或是其他东西，老贝丝在旁边一起奔跑着。你知道吗，我一直好奇……你怎么现在还和这些讨厌的科学家在一起呢？你可是打破了世界纪录的啊——早就可以退休了。”

他笑了起来：“我猜，我总是想着，再飞一次，你明白的吧？再来一次，就结束了。然后，他们会邀请我再飞一次，我就想，去你的。但你确实是挺讨厌的。如果当初我知道现在会遭遇这一切，我可能会待在家里。”

苏利收紧下巴，假装惊恐地说：“我才不相信你呢！”

“我知道，我知道，太荒唐了。但是，这次之后，我一定会退休了——我保证。我已经把地都整理好了。等我们回家后，你会来看我和贝丝的，是吧？”

**等我们回家后**。这些话在安静循环的空气里停滞了。苏利任它们飘远，玩味着这引人遐想的邀请。

“我想我会的。”她说。这想法不错。她从未见过哈珀的房子，但她在想象中描绘了一幢小建筑：建在崎岖的路边，有一个巨大的门廊，一条长长的车道，周围环绕着辽阔的空地。他那辆沾满泥土的卡车停在车道上，贝丝在前门坐直了等着她。在她的想象中，这里也变成了她的家。而在现实中，她却不再有家可回了。为了这两年的太空飞行，她把所有的东西寄存在仓库里，退掉了自己的公寓。假装自己还能回到某个地方、回到某人身边的感觉不错。她看到哈珀正瞅着她。

“怎么了？”她问。

“没什么，”他回答，“只是好奇。”

“好奇什么？”

他摇摇头：“等我们着陆的时候，我会问你的。”

“你在开玩笑。”

“没有。我需要一些可以企盼的东西。”他朝她眨了眨眼，“我们都需要有所企盼。”

他们又玩了一个小时。“很晚了。”哈珀说。

苏利开始收牌。他伸出手，用他特有的半绅士半俏皮的语气说道：“玩得很开心。”她握住他的手，并没有晃动，只是彼此握了一会儿。她感受到他握手的力道、长满老茧的粗糙手掌，以及他干热的皮肤紧贴着她的皮肤。过了一会儿，他没有放开手，她也一样。他低头看着她，她突然感到害怕——怕什么呢，她不知道。她翻过他的手，看他手腕内侧的手表。

“我该睡了。”苏利说道，放开了手，“好梦。”

她爬上床铺，没有转身看他，她知道如果回头，他一定仍然注视着她。她拉上隔帘，坐在床上，双腿屈膝在胸前，额头抵在膝盖上，听着他走过离心舱去刷牙，然后关掉阅读灯。**等我们回家后。**

第二天早上，闹钟响后，苏利过了几个小时才起床。隔帘外的模拟日光已经达到最亮。其他人进出盥洗室的窸窣声、拉开和关上隔帘的声音，以及趿拉着橡胶套袜在离心舱内晃荡的声响，使她无法重新入睡，尽管她很想睡个回笼觉。苏利可以睡上一整天，最近她实在太累了。她梳完头，开始编辫子，编完后手臂都酸痛了。她感到虚弱，感觉今天像是快要结束了，而不是才刚刚开始。

每个人都退居到飞船上某个单独的角落。只有泰尔还留在“微型地球”里，盯着一台雷达平板电脑，上面显示着当地小行星带的活动情况。实际上，这条小行星带十分稀疏，数百万计的小行星分散在如此旷阔无边的空间里，在穿越途中能遇见一个就算是走运了。他们穿越这条小行星带拟定的轨道是一条尤其不活跃的通道，被称为柯克伍德空隙[1]，所有相对大型的小行星都会因木星巨大引力产生的轨道共振而远离该区域。因此，与小行星相

1　柯克伍德空隙（Kirkwood gap），分布在主小行星带中的空隙，成因是木星轨道共振，由丹尼尔·柯克伍德（Daniel Kirkwood，1814—1895）于1866年提出，并因之得名。

撞的可能性微乎其微，但泰尔的工作就是确保他们不会中彩。

“轨道通畅？”苏利从厨房区的柜子里拿出一条蛋白质棒。

“畅通无阻。”泰尔从污渍斑斑的平板电脑上抬起头说道，“几千英里内，除了灰尘和小飘砾，其他什么都没有。”

苏利剥开蛋白质棒的包装，像剥香蕉皮那样。她探过泰尔的肩头：“我可不想被谷神星[1]撞扁了。”

泰尔哼了一声：“当然，我也是。但别担心，我会留心的。不管怎样，我们再过大约两周就进入火星的轨道了——所以，很快了。”

她把手在他的肩上放了一会儿，然后离开了“微型地球”，嘴里衔着蛋白质棒，爬上出口的楼梯。爬了几个横梯后，她感到重力脱离身体，于是松开手，余下的路飘浮前进。一些碎屑从蛋白质棒上脱离开来，飘浮在她眼前。她像条饿鱼觅食一般把它们都吃掉，然后将自己推向温室走廊。她抓住头顶的一个横梯，停在其中一株番茄前，捻了几片叶子在指尖摩挲，让香味散到空气里，又查看了一下昨天跟黛维提及的晚开的花儿。她注意到小花已经落了，取而代之的是绿色的小结块，她立刻期待跟黛维分享她的观察所得——任何期待都已变得如此奢侈。她沿着入口继续飘浮，经过伊万诺夫的实验室，那里的所有岩样均已分类。她在门口瞥到他正在使用嵌在墙内的巨大显微镜，他从抽屉里拿出一块岩样，又换成另一块。这些天，他大多数时间都在实

1　谷神星（Ceres），太阳系中最小的矮行星，小行星带中最大的天体。

验室中度过。

在转弯进入通信舱之前，苏利径直飘浮向前，前往控制舱，在透明的穹顶下徘徊了一会儿。眼前的景色早已失去新意，但依旧壮阔。太空幽黑深邃，缀满闪闪亮亮的星光：稳定的红色、闪烁的蓝色，或是忽闪忽闪眨动的光，像一只在时空的深色睫毛下卖俏的眼睛。苏利一边望向外头的虚空，一边闻着拇指指腹上番茄植株的黏湿味道，她呼吸着这来自地球光合作用的气息，以此平复当她沉浸在广阔无垠、无穷无尽的宇宙中时不断加速的心跳——没有开始，也没有结束，只有眼前这幅光景，直至永远。站在这里，地球如同一场幻梦。在这样的虚空之中，怎会有像地球这般生机勃勃、多姿多彩、美丽万分又住满生命的存在呢？从穹顶的景色中回过神后，她瞅见底比斯正在她身后工作，手里拿着一台平板电脑，面前是一个拆开的光阑，还有一堆旋钮、电线和开关。

“嘿，底比斯。”她说。他从电路图上抬起头。

“早上好，苏利，”他说，“我在做系统检查。我注意到通信舱内的温控程序已经偏差太多了，已经太烫了——你重置过吗？”

“没有，”她说，“我没有重置过。但我注意到最近那里确实变得很热。环境系统监控不是黛维的任务吗？”

底比斯叹了口气。“是的，”他说，“但她今天早上好不容易睡一会儿，也不是什么麻烦事儿。”

她在控制舱内逗留，看着他调整控制器。

“她……好些了吗？”苏利犹豫地问道。尽管她已经知道答案是否定的，但还是迫切想听到她好转的消息。底比斯耸耸肩，给不了苏利想要的回答。他们沉默地互望了一会儿，彼此心照不宣。

最后，底比斯宣布：“搞定了。七十华氏度整。”

他把开关装回去时，苏利已继续前往通信舱。她突然忧心忡忡。黛维的失误过多久会变成致命的问题？在伊万诺夫和泰尔发生严重争执之前？在大家岌岌可危的日常工作完全荒废之前？还是在一些事情大错特错之前？如果一切顺利，如果他们真能返回家园而不产生骚动或伤亡，然后呢？等待他们的会是什么？会是怎样的生活？

在通信舱内，苏利与唯一没被什么仪器占据的舱体表面发生轻微碰撞，那是入口对面的软壁储藏室。她找回平衡后开始例行工作，检查接收器记忆库的数据，检查探测器的上行信号，又向木星探测系统重新发出几条指令，然后开始每天的例行任务，即扫描地球上噪声污染的无线电波残留。这工作枯燥乏味，而且到目前为止一无所获，但她还是一直坚持着。停止意味着放弃，她不会这么做——把握微渺的可能性，这是数月以来一直潜藏在她思绪边缘的想法。时不时地，她会拿起手持麦克风，轻声传输一些信号，不让同事们听到她在说话。她相信总有人会回应的。这种信念让她坚持不懈。只有当他们离地球更近，联络成功的可能性才越大。而随着日子一天天过去，距离一天天缩短，即使是在寂静无垠的太空中，她也能感到希望越来越大。无人回应的正弦波声充斥着通信舱，从木卫探测器传回的原始数据开始积压，尚待处理，但是她并不在乎。时间就这么过去了。待她想回离心舱吃点东西时，她忽然听到了一个声音。“砰”的一声巨响，然后一切都没有了——连静电声也消失了。她赶紧重启机器，检查所有连接，在重启时备份遥测数据。通信舱内一切无恙。她不明白这是怎么回事。

这静谧突如其来，带着不祥。她奋力将自己推出通信舱，经过走廊，向上飘进控制舱，然后从穹顶望出去。她不禁失声哭了出来。在她眼前飘过的，是断裂的主通信天线。它在一阵太阳风中漂流嬉戏，像一只被割断的手臂正挥舞道别，遁入那片茫茫无边的黑暗。

## 七

一天清晨，奥古斯丁比平常醒得晚。太阳已经升得很高了，积雪反射的炫目亮光像泛光灯一般透过窗户照射进来。奥吉从枕头上抬起头，眯着眼睛看了看身边凌乱的被褥，小心翼翼地戳这儿戳那儿，直到确定艾莉丝不在底下。尽管身体仍有余温，但睡袋里已经冰冷了，明亮的阳光从窗户射进屋内，照在坚固的壁炉上。口中呼出的气体在眼前翻腾。他坐起身，四下寻找她，先是望向她经常看书的那张桌子，然后是他摆弄无线电设备时坐的那张椅子，接着是她偶尔端坐其上的每一道窗沿。但都没有她的身影。自他生病后，她经常陪着他，而奥古斯丁意识到自己已经好几周找不着她了。最初那些日子里他逐渐习惯的躲猫猫已经消停很久了。

他站起身，将自己裹进层层叠叠的衣服里，准备去找她。他睡觉时穿了羊毛袜和一套长内衣，现在又在这身冬季保暖衣外面加了一件法兰绒衬衫、一件羊毛衬里的毛衣和一件保暖背心，然后将双腿挤进一条法兰绒衬里的工作裤中。接下来是两条围巾、派克大衣和臃肿的连指手套。他急着出门，先戴了手套，后来为了穿靴子，又不得不把手套脱下来。在楼梯间，一阵冷风吹过他的白发。他骂了一句，吃力地走回桌旁，一把拽下挂在椅背上的帽子。为北极户外活动着装，即使是在春天，也是一场折磨。把帽子盖到耳朵上时，他望向窗外，竟看到了她。他赶忙下楼。空荡荡的楼梯间响起急促的声响：迈腿时蜡染帆布裤子的摩擦声、每迈一步靴子沉重着地的乒乓声、手套划过扶手的沙沙声，以及他呼吸时鼓膜内跳动的怦怦声。

被白雪覆盖的山峦炫目异常，他奔向那里，抓了一副滑雪护目镜来遮光。他能看见她的身影，就在山径下端的附属建筑旁边。她看起来像是躺在雪地上，但他不确定，只知道她衣衫的颜色不对劲——她现在一身明蓝色，那是她长内衣的颜色，而不是派克大衣的颜色。虽然春意渐浓，但天气依旧寒冷至极。奥古斯丁跑下山径，穿过附属建筑，到她那儿时已经上气不接下气，眼睛被白光闪得近乎失明。艾莉丝盘腿坐在雪地里，只穿着单薄的冬季保暖衣和睡觉时穿的厚羊绒袜。他瘫坐在她身旁——支撑他跑这么远的肾上腺素已经用尽。他开始脱自己的大衣，想给她穿上。

“你没事吧？”他一边问，一边费力地解着派克大衣上的棒形纽扣，“你的大衣呢，我的老天，你的**靴子**呢？你在这里待了多久，你这是疯了吗？”他的音量逐步提高，到后来几乎在喊叫。他终于解开了自己的大衣，像条毯子一样把她裹住。他握住她的小手，温度尚可，却已不太热了，血液循环倒还正常。他身子后倾，俯看着她。这次看得非常仔细。她笑了，眉角微扬，露出不确信的样子，仿佛是在担心他——仿佛他才是那个举止奇怪的人。她将双手从他的手掌中抽出来，探出身子，用温暖的手指抚摸他挂着胡楂儿的脸颊。

“看。”她指着附近的一个山谷说道。他顺着她手指的方向望去，发现一小群他们曾见过的麝牛，那时日光才刚刚回到北极圈。这群麝牛离开了一两个星期，无疑是另找其他山谷吃草去了。奥吉几乎没有发现它们不见了，但显然艾莉丝注意到了。她对这类事情一向留心。

“它们回来了。”她轻声说，一脸兴高采烈与专心致志。麝牛拱开积雪找草吃，奥吉跟她一起看了一会儿。他闭上眼睛，屏住呼吸，聆听它们的蹄子踩在雪地上发出轻柔的咯吱声，以及犄角抵在冻土上发出的摩擦声。他睁开双眼，看到艾莉丝的神情充满惊叹，一脸好奇。他把她拉到腿上，她没有反抗，找了个舒服的姿势，把头靠在他怦怦作响的胸口。奥吉搂着她，肺部终于平静下来，喘息声从喉咙口沉入胸腔。他的呼吸深沉而缓慢。不知哪儿传来一头狼的嚎声，但很遥远，所以奥古斯丁并不害怕。他只是感到疲累，忧心忡忡。他渐渐开始习惯这种感觉。

“我们回去吧，好吗？”他问她。

她点点头，眼睛仍望着那群麝牛。他们俩一起站起身。他低头看到她的袜子结满雪花，便问道：“要不要我背你？”他们都明白，他的余力只够勉强拖着自己沉重的身躯回去。她摇摇头，一言不发地把派克大衣塞回他手里——他更需要它。他重新扣好扣子，然后他们一起蹒跚着踏上回程，沿着附属建筑之间弯弯曲曲的陡峭山径走回天文台。

在控制室里，奥吉一一检查了她的四肢——每个脚趾、每根手指，甚至鼻尖，寻找他确信已经埋伏下的冻伤。她由着他检查。他努力回想来这里之前读到过的冻伤症状：变色的皮肤，有一种蜡质的纹理。但他发现她什么毛病也没有，开始怀疑起自己头脑的可靠性了。他重新回顾了一切细节：从控制室里看到她明蓝色的冬季保暖衣衬着白茫茫的冻原，冻结起来的冰雪紧贴着她的羊绒袜，她用温暖的手抚摸他脸颊时的触感，以及坐在他腿上的瘦小身躯，他们面前的麝牛群，它们吃草的声音。他回忆的内容毫无疑点。

记忆倒退，回到最开始的时候。他想起在人员撤离后找到她时的情景。她一个人坐在附属建筑当中的一间宿舍里，坐在双层床的下铺，双手环抱膝盖。他想起她第一次说话的情景，她问他极夜会持续多久。他还想起他们一起在漫天耀眼星光下散步，一起去停机库，那头狼，她痛苦的声音和严重的忧郁，他的高烧，发病时做的梦，她从头到尾对他的照看。她也生病了吗？是他看不出来的某种病，还是其实是他病了？也许他依然卧病在床——在山下停机库枪杀了那头狼之后仍在发烧。

他握住她的手腕，摸到她轻快跳动的脉搏。她的头发打结了，油腻腻的，缠在一起的鬈发结成厚厚的块状垂在颈部，一圈柔软的短发贴着苍白的脸颊。他按压她的前臂，看到白色的指印短暂地出现，而后褪成肉粉色。她是个健康的正常女孩。艾莉丝一脸体谅地看着他，仿佛能读懂他的心思，这让他既感到宽心，也感到不安。他让她别再单独离开天文台，她耸了耸肩。这举动令他恼火。他没有要求发生这一切，他没想要一个同伴，没想着要负责照顾另一条生命，特别是现在，在他生命的尽头——然而，她却在这里，他也在。他们被捆绑在一起了。

他端详了她一会儿，看着她蓬乱的鬈发中几乎绞成块状的发绺。他意识到，她这副样子活脱脱像个野孩子，他突然为自己感到羞愧。在责任感的驱使下，他拿来那把偶尔用来梳理胡子的木梳子，一言不发地递给她。但她好像不知道怎么用，像看到一个怪玩意儿一样。光是梳子还不够，把她头发解开的任务简直艰巨。但艾莉丝对他很有耐心，他决定把这个不知怎的最后由他来照看的孩子弄得更像个小女孩，而不是像头野生麝牛。他竭尽所能。最后，他不得不剪掉几处发结。他尽量把两边剪得对称，倒像是剪出个发型来了。黑色鬈发蜷在她的耳垂处，挡住眼睛的发结无法解开，只好剪成一小排短刘海。艾莉丝用手指捋过新发型，点头称赞。屋里没有镜子，但她似乎很喜欢跳来跳去的刘海，以及这突如其来的轻松感。她来来回回地甩着脑袋，测试着跳动的新发型。

之后，坐在摊了一地、打结成块的黑色鬈发中间，他们一起吃了些东西：汤、撒盐饼干，两人还分了一罐姜汁汽水。扫完头发、洗完碗碟后，奥吉走向业余无线电台，打开设备，陷进椅子里。这是他每天的例行事务了。他看到艾莉丝翻开天文学著作开始阅读。她双唇紧闭，牢牢抓着封面，好像书会逃跑似的。偶尔，她伸出手，用手指把玩着一个发卷，摸摸它的质地，一圈圈地绕在食指上，然后再松开。看着她把玩自己的头发，奥古斯丁觉得她身上仍有一股野性未驯的成分，只不过现在更难确认了。她看起来像是一个刚被收养的流浪儿——还不习惯被照顾，但再不会被抛弃了。他们俩坐在各自的椅子上，直到太阳下山，日光一点一点沉入山峦，转到别处去点亮另一片天空。

奥古斯丁的无线电搜索取得了预料之中的成功——一无所获，但他依然坚持着。这是他所熟悉的动力，源于这么多年来一直鞭策着他的强烈决心，源于他为成功、拥有和理解而进行的残酷抗争，源于冷酷无情的求知欲。但这一次有所不同：在这里，最后的最后，他放弃了争强好胜，为了野心之外的原因而坚持着，为了他还没有完全厘清的原因而坚持着。在三楼的控制室里，他在朝南的窗户前搭建了一个工作室，面向朝温暖地方延展而去的冻原。扫描无线电频率时，他斜靠在从一楼所长办公室搬上来的一把黑色滑轮软皮椅上。摆在他面前的是一堆老旧的无线电设备，右手边是从一幢附属建筑中抢救出来的褐色地球仪。对着这些，他能消磨一整天。他把脚搭在桌子旁边的文件柜上，在扫描无线电波时，懒洋洋地转动地球仪，任手指滑过海洋、横跨大陆。一开始，他会记录自己扫描过哪些频段，但随着时间的推移，他已将所有频率反复扫描了好几遍，便改为随意地扫描，就像从占卜者手中抽取塔罗牌一样。

大多数时候，艾莉丝在房间另一头的桌旁读书。他猜，她一定将《北极野外指南》从头到尾读了好几遍才放下，然后拿起天文学读本。这本书是他在一个研究助理的储物柜中找到的，封面压膜，贴着杜威十进制分类码，应该是在撤离行动的混乱之中被遗忘了。一本图书馆里的书，远离故土，他心想，**真是应景**。他看着她用衬衫袖子拂过沾染了污迹的封面，阅读时又在书页上印上新的指印。他们坐在控制室的两端，各自沉浸在自己的孤独琐事中，两人之间的沉默因而显得相得益彰。

他任由自己畅想她陪伴在身旁的神秘。她与他一起坐在控制室里，从更广的意义上说，是与他相伴在文明的尽头——无论从时间上还是从空间上衡量，他们都身处人类灭亡的尽头。他想知道这一切都是怎么发生的：她是怎么到的这里，怎么留下来的，来自哪里，是谁的孩子，对这些问题有什么感受。对这些，她从未说过只言片语，所以在某种程度上也很难想象有一天她会谈起。她是一个谜团，只属于他的谜团。她的存在激励着他一直工作，鞭策着他一直努力，即使并不抱有任何成功的期望。他沉思道，大概，正是她的存在才让自己活到现在。

和艾莉丝一起从冻原回来的那个晚上，奥古斯丁失眠了。他

努力入睡，但直到艾莉丝都睡熟了，说着梦话，他依然清醒，于是明白自己是睡不着了。他尽可能安静地从睡袋里爬出来。滑向冰冷的地板时，合成纤维织物发出的沙沙声让他更加小心翼翼。在业余电台旁，他把耳机插入接收器，打开设备。窗外，满月透着黄粉色的光晕，下方的冻原闪着冰蓝色的光芒。他靠在椅子上，听着无线电波传来的白噪声，时不时看看睡袋下鼓起的团块，确认艾莉丝还在那里。她的胸口上下起伏，偶尔还伴着胳膊或腿部无意识的轻微抽搐。

调谐器自动扫描着。奥吉抽出一本在控制室里已经积灰的北极地图，一边听着收音机，一边将书本搁在大腿上，快速翻动书页。最后，他翻到中间，看到磨损严重的哈森湖地图。哈森湖是一片巨大的水域，在天文台向东约五十英里处，研究员们以前常在闲时去那里钓鱼。奥吉记得研究所曾组织过一些活动，尽管他总是受邀，但从来没有去过，旅途上许许多多的故事，他也从来不听。*地球人才会对钓鱼之旅感兴趣*，他总是这样自嘲，然后继续埋首于遥远星系的图像中。要是想休个假，他偏向于充满异国情调的其他地方——热带海滩、昂贵的度假村，或是茂密的丛林。然而现在，哈森湖之旅倒是切实可行的。其实这个目的地很吸引人。或许，他和艾莉丝需要的正是一趟旅行：为迎接渐长的白昼进行一次冒险。届时全年被冰雪覆盖的山脉上会长出野花，温煦的和风吹过更接近海平面的湖水。或许这样的旅行能对他的小伙伴有所助益。或许这对他们二人而言都是一件好事。据说，北极半岛最高温度便是在那里记录到的：盛夏时七十华氏度出头，相当温暖。奥吉的手指沿着地图上蓝色的湖面游走，描摹着哈森湖西岸的长斜坡。为什么不去呢？他已经听够了白噪声，发出的信号总是毫无回应。在渺小的概率面前，希望也渐渐渺茫。他需要有所改变。要是他们尽快出发，还能骑停机库里的一辆摩托雪橇。冰雪不会持续太久，但他们还有时间。

他托起耳机，听了一会儿艾莉丝的呼吸声，然后重新戴上。奥古斯丁觉得自己像是历经长久冬眠后刚刚苏醒的动物。他们甚至还能在湖边找到一些有用的东西，比如说——他突然想起什么来。他摘下耳机，挂在脖子上，以免断断续续的静电打断思绪。二十世纪五十年代，无线电通信是唯一的对外联络方式。自那时起至今的几十年里，哈森湖岸有个小型气象站一直在运作，工作人员会定期前来查看。他回想起自己新近看到的气象站的天线阵列照片——远胜于他在天文台自己制作的天线。由此推断，那里的传输设备一定也更加强大。他一把合上地图册。又多了一个理由。就这么决定了。就去那里。

太阳升起时，他正在写计划、列补给清单，艾莉丝则在被窝里动来动去。她裹着睡袋站起身，像裹着一件带帽子的长斗篷，笨手笨脚地拖着步子走到他身边，乱蓬蓬的头发戳向四面八方。她碰了碰他的写字板，一只手搭在他的肩膀上，耸了耸肩，好像在问：“怎么了？”他握住她的手，转过身看她。

“我们去旅行吧。”

# 八

“你他妈做了什么？”伊万诺夫朝泰尔吼起来。泰尔像挥舞武器一般挥动着自己的雷达平板电脑。他们的声音响彻离心舱，引得大家纷纷聚过来。

“我他妈什么也没做，”泰尔喊回去，脸上绯红一片，“我一早上一直盯着这个显示屏，周围什么也**没有**——没有碎片，没有小行星，五十英里内他妈什么都没有。”

“呸，有**东西**撞上天线了，不是吗？也许是我们正处于主小行星带，所以是他妈一颗小行星，不是吗？还是你以为天线会自己掉下去？”

“够了！”哈珀喊道，“你们够了。”

泰尔把平板电脑丢到自己的床铺上，走到炉灶边，背对着大家，让自己冷静下来。伊万诺夫的脖子依然青筋暴露，但是他双臂环抱在胸前，暂时闭上了嘴巴。

哈珀站得更直了，仿佛要以魁梧的体格唤起自己在宇航员面前的领导力。“我想谈谈如何修理我们的通信装置，现在我压根儿不关心这件事是怎么发生的，除非这原因跟我们的目标有关。现在，要想取回天线几乎是不可能了。说说其他方案。”

所有宇航员都一声不吭地盯着地板。泰尔依然背对着大家。苏利可以听到伊万诺夫的牙齿紧紧咬在一起，发出低沉而尖厉的摩擦声。底比斯一个接一个地掰响自己的指关节。黛维用鞋尖在地板上画圈。

“其他方案，”哈珀重复道，这次声音里透着一丝警告意味，“现在就说。”

“我们可以组装一根新的天线，”苏利建议，“主要组件我应该都有，要是我们能从着陆舱拆下抛物面天线的话就更好了。成品不会像之前那么好，但应该能用。”

底比斯把手指交缠在一起，点点头。“替代天线合理可行，我同意，”他说，“但是安装需要大量舱外活动——可能需要出舱两次，一次是检查损坏情况，修整损坏点，一次是安装新天线。风险是不可避免的。我们必须开始准备了，但是也不必着急——毕竟地球那边也没太多回应。”

“这点提得好，”苏利说，“只要接收器不工作，木卫探测器上设置的上行信号就会丢失，但现在它们不在我们优先考虑的事项中。我甚至不确定新系统是否强大到可以收到那些信号。与此同时，地球这么久以来一直沉默着——没有噪声污染，没有卫星活动，什么也没有。我一直在检查，但一直只有诡异的安静。所以，我们还是慢慢来，好好做。”

泰尔终于转过身来：“要是能给我几天时间的话，我可以尝试检测雷达灵敏度。我不确定是否会奏效，但也许可以。既然我们要把活人送出舱，我会了解一下微流星体[1]密度。”

伊万诺夫的牙齿又咯吱咯吱响起来，苏利听到这声音变得局促不安。黛维还是什么话也没说。哈珀叹了口气，捋了捋头发，在权衡之际，舌头抵着牙根无意识地发出了啧啧声。他双臂交叉，而后又松开。最终，他开口了。

“那么，我们就尽可能从飞船内部评估损坏情况，然后开始新天线更换工作。苏利文、黛维、底比斯，我希望你们三个人一起制作新的天线。苏利，我们先不必顾虑木卫探测器了。如果我们能够收到它们的信号，那很好；如果不行，就专注于地球。泰尔，我要你留心雷达系统，看看是什么撞到了我们，以及怎么做才能防止或至少预测下一次撞击。伊万诺夫，你和我用舱外摄像头了解一下损坏情况。谢谢大家——慢慢来，好好做。这就开始吧。”

自会议开始，黛维什么话也没说，苏利不确定她有没有听进去。但当他们离开离心舱，去着陆舱查看设备时，黛维转向苏利开始闲聊。黛维满脑子想的都是他们即将一起组装的替代天线。

---

1　微流星体（micrometeoroid），星际微小颗粒与小物体的总称，可对太空设施造成伤害。

她意识清晰，喋喋不休，苏利轻呼一口气，如释重负。要说谁能确保这个计划成功实现，那非黛维莫属。

~~~

终于又有工作了，还是重要的工作。自四个月前离开木星以来，“以太号”第一次回到热火朝天的状态。苏利、黛维和底比斯扫荡了整艘飞船，寻找多余的可用零件。他们从着陆舱拆下抛物面天线，通信舱内堆满了四处挖来的多余物品。当哈珀和伊万诺夫汇报他们对安装点仅有的了解时，替代天线的组装工作正在稳步进行。苏利和工程师们把“微型地球”的桌子当工作区，这样工具便不会飘走。

“微型地球”的主控 LED 灯自动熄灭了，预示一天已经结束，但他们还在那里工作。每个隔间里的阅读灯都亮着，让离心舱仿佛氤氲在一层轻柔的烛光中。手表显示已经午夜了，但时间的限制似乎已经无关紧要。他们很疲倦，但斗志昂扬。这次故障唤醒了他们，让他们关注当下。他们终于有事可做，有了倾注精力的理由。连伊万诺夫也参与其中，表现得比前几个月更为亲切。

苏利和黛维负责大部分组装工作，底比斯则给她们递工具，准备她们需要的元件。

“钻头。”黛维说，底比斯不等她抬头，就把东西放到她手里。

“钢丝钳。”苏利开口时，底比斯已经在她肘旁候着了。
~~~

新天线的组装工作进展迅速，比他们登陆木卫以来做的任何事情都要快。底比斯和黛维离开后，苏利在桌旁又待了一个小时，继续调整，但主要还是沉思。清理完这片区域后，苏利朝自己的卧铺隔间走去。泰尔在沙发上一边研究密密麻麻写满计算公式的笔记本，一边拨弄着放在大腿上的平板电脑。哈珀和伊万诺夫在盥洗室附近低声交谈。哈珀说了一些话，她听不清楚，伊万诺夫露出由衷的微笑。伊万诺夫把手在指挥官的肩上放了片刻，然后进入盥洗室，哈珀则返回自己的隔间。苏利注意到伊万诺夫没拉隔帘。往里看时，她发现每一面墙都贴满了整排整排的照片，照片上是他的家人，每个人都顶着白金色头发，每个人都喜笑颜开。伊万诺夫比预想中回来得早，看到她盯着相片。她脸红了，等着被责骂，但他似乎并不介意。

“太多了点儿，对吧？”他问。

苏利摇摇头。“一点儿也不多，”她说，“我觉得这很完美。我倒希望自己从家里多带点东西过来，但我没有……嗯，我当初没想到现在会这么需要它们。”

“你有一个女儿。”他说道，不是一句疑问，而是一句陈述，“你的丈夫——他不理解你？”

她先是惊讶于他的直率，然后对他一语中的深感惊奇。在某些重要方面，伊万诺夫竟然了解她，她对此颇感意外。他已经好几周没有跟她说话了，可突然之间，他比她自己看得更为透彻。她想起之前在休斯敦那家露天咖啡馆看到他们一家人吃晚饭的情景，想起他帮女儿把食物切成小块时的温柔样子，想起他在妻子讲故事时的喜悦和关注，想起他们脸上洋溢的爱。

“是的，他不理解。”苏利说。

“我的妻子也不理解，但她努力去理解。我相信这是我的福气。”伊万诺夫拍拍她的手臂，“不是每个人都有这样的使命感，”他耸耸肩说道，“我想，他们只是琢磨不透。晚安。”他爬进床铺，拉上了隔帘。

露西的照片孤零零地钉在墙上，看起来如此渺小，照片周围空荡荡的空间好似无边海洋。苏利伸手触摸女儿的脸颊，那里早已沾上指印。她关上阅读灯，在黑暗中躺下来。但即使闭上双眼，照片的苦闷影像仍在她眼里灼灼燃烧。她觉得自己睡不着了，因为重新投入工作让她太过亢奋。但最终，她还是沉入了梦乡，梦到萤火虫打扮成小姑娘的模样儿。

隔帘外渐强的晨光唤醒了苏利，但她上床入睡才不过几个小时。她闭上双眼，不去理会闹钟。等她重新睁眼，已经快十一点了。她在穿连身衣、编辫子时，已经开始思考，计划着给替代天线安装一个底座。哈珀坐在长桌前，面前摊着一堆“以太号”的工程图，放着一杯速溶咖啡。她在他身旁的长凳上坐下，他没有抬头。

“早上好。”她轻快地打了个招呼。他眼皮肿胀，眼圈发红，目光继续低垂着。“你睡过吗？”她问。

他像是吃了一惊：“嗯？哦，没有，应该没有。太忙了。”

她更加仔细地看了看工程图，发现他已经在上面为出舱活动做标记了。“谁出去？你决定了吗？”

哈珀叹了口气，用手腕揉揉眼眶。“只能是你，”他慢慢说道，双手落在腿上，“还有黛维。”

苏利点点头。他的身体语言有些奇怪，有些不太情愿的样子。他是觉得她不愿意出舱吗？还是他在担心黛维？她等待着，想看看他会不会再说些什么。不一会儿，他开口了。

“我不确定黛维在情绪上能不能胜任这件事，也不确定底比斯能不能像她那样在舱外见机行事。我已经琢磨好几个小时了。只能让黛维上。”

“她能处理好的。”苏利说，但是当她看到哈珀脸上的无奈表情时，她突然领会了他的犹豫。她想起黛维的噩梦，想起她最近检查飞船时犯下的失误。她从没见过哈珀如此迟疑，这让她惊慌。毕竟，他可是他们的指挥官啊。“我跟她一起呢，再说还有你和底比斯指导我们怎么做。哈珀，会没事的。我们能成功的。你最好休息一会儿，你看起来很憔悴。”

他笑起来：“我敢说不只是憔悴。”

他的头顶上竖着一小撮头发。苏利有股冲动，想要伸手抚平它，就像她会为露西做的那样，但她没有。“是的。我命令你睡几个小时。我们有的是时间，别因为这件事把自己累垮了。”

哈珀点点头：“我知道，我只是——我很担心……”他对她凝视良久，然后垂下目光。她等着，但这次他没有把话说完。

苏利伸手按按他的肩膀，把手缩回连身衣口袋，仿佛是为了阻止自己继续触碰他。“我也很担心，但她比我们俩加在一起都聪明。要是她都做不了，那就没人能做到了。”她故作轻松地说，但哈珀没有笑。

“我知道，”他说，“但那正是我的担心之处。”

两天之后，替代天线组装完成，第一次出舱活动也安排妥当。苏利习惯性地朝通信舱飘动，而后才意识到没了天线，她在那儿什么也做不了。她用手指拂过沿着墙壁排列的机器开关和按钮，显示屏没亮，扬声器也没声音。此时的通信舱更像是一座坟墓，而非通信中心。她在那儿待得越久，这安静就越令人毛骨悚然。最终，她飘出通信舱，飘过走廊去控制舱和穹顶。

黛维飘浮在穹顶的全景窗前，双手压在厚厚的石英玻璃上，后颈发辫上的松散头发飘离头部，悬浮在肩胛骨之间，像一片黑色的云。她和往常一样穿着深红色的连身衣，把裤腿卷到脚踝上方，红裤子和白袜子之间的一两寸皮肤清晰可见。她没有穿鞋。窗外笼罩着漫无边际的黑暗，深不见底，流动不息，静谧无声。亿万星光灼灼闪耀，太过遥远而无法照亮任何东西，又太过明亮而让人无法视而不见。

“你在看什么？”苏利问，头朝前飘向穹顶，停在黛维身旁。

“眼前的一切。”黛维说道，紧张地玩弄着连身衣的拉链，拉到脖颈后又拉回胸口，快速地来回拉着，直到浅紫灰色的衬衫卡进塑料拉链里。她没有把拉链解开。“也可能是虚无。我讲不清楚。”

她们沉默地飘浮在一起，望向窗外广袤的虚空。一想到要置身其中，在这片真空中停留，家似乎离得更远了。在外面，没有安全网，除了一条细绳和彼此，没有其他东西能将飘浮的宇航员与这艘飞船相连。苏利说起舱外活动的事情，然后打住了。她不想逾矩说这些，甚至不确定哈珀是否已经通知过黛维。

“我知道，”黛维突然说，“关于舱外活动。他昨晚告诉我了。他很担心，是吗？因为我变得这么……离群索居。他也担心你。他这么忧心忡忡，是因为他爱着你。他不必担心。我们会处理好的。”

苏利愣住了，沉默良久。她已经习惯黛维看穿事物表面、直达本质的能力——大多数时候，黛维是对无生命的机械物件使用这种技能，但在极少数情况下，当她转而关注人事，不带任何感情精确地说出令人震惊的真相时，会令人不知所措。苏利感到一股热流顺着脖颈爬了上来。她努力让自己冷静下来。黛维的话说得如此轻巧，如此理所当然。苏利没有怀疑那句话的真实性。在某种程度上，听到这些话也令她释然。她知道，等回到地球后，她想象中与哈珀之间可能发生的故事，是基于真情实感的，是有分量的，也是珍贵的，而她认识的最聪明的人确认了这一点。但现在时机不对。她现在不能想哈珀，不能那样。可能永远都不会有合适的时机。她不去在意黛维的话，专注在舱外活动上，心意坚决地凝望着穹顶的外面。过了一会儿，她们听到底比斯呼叫黛维。离开之前，黛维攥了攥苏利的手。

“你也不用担心。”黛维说。

说完，她蹬着脚离开了，消失在走廊尽头。苏利待在那里思索良久。她凝视眼前排列着的陌生星群，直到她确信自己从一片凌乱中找出了小熊星座。角度与平常不同，但那一定是她所熟知的小熊星座。她确信无疑。这种确信的感觉真好。

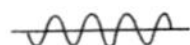

苏利、黛维与哈珀按任务计划演练了几十遍，像演员背诵台词一样记住她们各自的动作。两个女人心情轻松：在休斯敦的训练为她们进行各式各样的舱外维修工作做好了准备，而且第一次出舱活动相对简单。底比斯检查着太空服，泰尔专注在雷达系统上。伊万诺夫忙不迭地指出泰尔更新的计算机代码中的错误，指出哈珀任务计划中的漏洞，向底比斯指出宇航服可能出现的各种微乎其微的故障——他是单人纠察队，向他们指出策略的缺陷以及方法上的错误。这一次，大家都对他提出的批评感到高兴。

随着出舱活动的准备工作逐渐到位，宇航员们已经整装待发，他们在休斯敦建立起来的友好情谊回来了，出发前在酒吧一起听自动点唱机、一起喝酒的感觉又回来了。泰尔又开起了玩笑，伊万诺夫也对他们当中的一两个人露出真心的笑容。黛维没完没了地说话，对眼前的任务感到激动万分，活跃地与其他宇航员交流，处理自己的技术工作。而底比斯看到所有宇航员重拾友谊，似乎如释重负地松了口气。他们都感受到了将他们凝聚起来前进的力量。比起之前几个月，苏利感到更有希望了。也许，只是也许，等通信恢复正常，来自地球的无线电频率将不再沉默，还会有更多反馈。尽管其他人都因修复通信系统的挑战而恢复活力，但只有哈珀似乎还犹豫不定，仍带着一丝焦虑监督工作。

在出舱活动前夜，哈珀将苏利拉到控制舱。他对她说话时，她被他身后穹顶外透亮的黑暗迷住了，真是令人心醉。她知道自己再过几个小时就要踏出气闸舱，进入那片真空，所以努力将注意力集中在他的脸上。窗外是原子搅动不息的微妙运动，她将目光从那里移开，望向他的眼睛，而他早已紧紧盯着她。

“苏利，”他说，“苏利。”她不知道他已经叫了多少次。

“嗯，抱歉，我听着呢。”

“我要你答应我，如果有什么不正常，哪怕出了一点点问题，你们都要终止行动，尽快回到气闸舱。我知道到了那里会有怎样的感受，但请你答应我。没有通信联络不会死人。我们总可以再次尝试。我们可以一直等到与国际空间站对接后再做打算。我们总可以——我不知道，但总有其他办法的，明白吗？我知道过去这几个月我们相处友好，我和你之间——该死的，苏利，这可不是闹着玩儿的——但我得知道，在外面的时候，你会听从我的指令。告诉我你明白了。”

“我明白了，指挥官。”

“那好。去休息吧。我们明天早上九点打开气闸舱，做好准备吧。”

哈珀转身飘回“微型地球”，留苏利一人在控制舱。她看着他离开，而后目光重新飘回穹顶。她回想起黛维的话，想知道爱他会是怎样的感受——她怀疑自己已经爱上了他。她不确定，试图抗拒这样的可能性，任由那黑暗太空的空寂填满想象。

# 九

奥古斯丁独自下山前往停机库，艾莉丝则留在天文台打包行李。对他而言，徒步走山路很困难，但在某种程度上倒也无碍，感觉像是为他曾犯下的错赎罪。在停机库那里，一切依旧，仍像他们之前离开时一样。库门敞开着，落雪在里面堆积，冷风雕蚀着雪堆的斜坡，油迹斑斑的水泥地上依旧散落着棘轮螺钉。两台摩托雪橇暴露在外，之前他随身携带的手电筒还躺在上次丢下的地方。他试着发动上次启动过的那台摩托雪橇，然而，在之前那场慌乱中，他把钥匙留在了“启动”的位置，现如今电池已经没电了。奥吉试着发动另一台车，耐心摆弄了一会儿后成功启动。每当引擎减弱，他就加点油门，最终引擎发出平稳的嗡嗡声，流线型的灰色车身开始振动，一阵白烟从排气管处升起来。他把这台摩托雪橇调好了。

奥吉坐上座位，握住车把。他之前习惯作为一名乘客坐在这种车上，但不一会儿，他便觉得自己已经掌握了车子的操作要点。年轻的时候，他曾骑过摩托车——骑摩托雪橇能有多难？没有双黄线，没有车流，不会撞到什么东西，不过是在广阔空旷的冻原上前行罢了。他轻松地将车子倒出停机库，放下车去取了一些装满的燃料罐，用弹力绳把罐子捆在行李架上。他想起几码之外的粉红色坟墓玷污了原来的跑道。他一直避免朝那个方向看，专注在停机库里，现在他准备离开了，却发现自己无论如何都会瞥到倒落的舷梯和那个鼓出的血色雪堆。

舷梯松散的轮子依然在风里懒懒地打着旋儿。在坚实的冻原上，冷风吹起一层雪末，贴着冰面呈螺旋状曼妙舞动。奥吉将一条腿跨上摩托雪橇，不再看那座坟墓，踩上油门，加速离开停机库，返回山上。他感到车辆震荡着他的血液，晃动着他体内的器官。

艾莉丝推开控制室的门，蹦蹦跳跳地下了楼，在半道上迎他。“我们要骑车走吗？”她上气不接下气地问。他从来没见她有过这样的反应，这样的欢欣鼓舞。她的整张脸似乎都变了，变得更加孩子气，少了些野性。他才想起她只是一个小丫头。这种回想激发了一些他不太了解的情绪。也许是温柔，但还有别的，某种更加灰暗的东西——恐惧。不是害怕她，而是替她害怕。这趟旅程安全吗？他真的想清楚了吗？对最后由他照顾的这颗弱小生命的火种，他是否应该更小心些？他想知道，换作她的父亲会怎么做？这个想法实在太诡异了，实在百思不得其解，他不得不收起这股恐惧与温柔，想想其他事情。

在控制室里，他们检查了一遍行李。有太多东西要带了，也有太多东西不得不放弃。他们对湖边的气象站知之甚少，根本无法知道会在那里发现什么。他们打包了一堆必需品：帐篷、低温保暖睡袋、食物、水、头盔、护目镜、营火炉、地图、指南针、额外的燃料和两个手电筒，外加每人一套非常保暖的衣物。其余的一切都显得奢侈，空间有富余才会带上：艾莉丝的书、换洗衣物、额外的电池，以及第二个燃料罐。他们把行李拖下楼，拖到摩托雪橇旁，然后把它们全都捆绑起来。所有这些装备，加上一个乘客，已经很重了，好在年迈的奥吉块头不大，而艾莉丝本来就很瘦小。这摩托雪橇很坚固，是专为陡峭无路的地形设计的重型设备。尽管可能不完美，但应该能把他们带到想去的地方。

他们将天文台关闭，只留下足够的暖气防止管道冻结、望远镜冻裂。奥吉调整壁炉时，不晓得自己是为了谁而留着炉火——也许是为他们自己吧，如果他们不得不回来的话；但如果哈森湖更适合安家，这炉火也就不为谁而留了。当然，炉子最终会烧尽燃料。寒冷会慢慢吞噬这座建筑，管道会冻结，巨型望远镜的透镜会破裂。冰霜会透过窗户侵袭进来，直至最后吞没温暖舒适的控制室兼庇护所，就像吞没研究基地的其余部分一样。不久之后，隆冬便会在这里常驻，直至永远。

艾莉丝的细小臂膀环抱住奥吉的腰。他们朝下驶向冻原，在停机库进入视野之前转向东面行驶。积雪的石头从各个方向袭来，艾莉丝抓得更牢了，紧紧贴着奥吉。她的头盔大了好几码，他坚持让她戴三层帽子来补足多余的间隙。护目镜也太大了——单是一个宽大的黄色镜片就挡住她大部分的脸，好在有一枚安全别针将松紧带固定在她小小的脑袋上。等他们行驶到平地上，骑行变得顺畅起来，艾莉丝松开了手。他们已经上路了——现在没必要瞻前顾后了。向着炫目的茫茫雪白深处骑了四五个小时后，奥古斯丁将摩托雪橇停了下来。

他们从车上爬下来，喝了几口水，又吃了几块饼干。艾莉丝满脸通红，活力充沛，护目镜在她脸上留下一圈白印，几缕黑发从层叠的帽子中挤出来，张牙舞爪地盘在她的脸颊上。到目前为止，她似乎对这场冒险兴奋不已。奥古斯丁回看他们来时的路，但天文台的轮廓已经看不见了。他们周围的空气是不透明的，雪帘晶莹闪耀，随着冷风舞动荡漾。自他们出发开始，他就一直惴惴不安，计算着已经行驶过的英里数，克制着想要掉转方向、返回被他们抛在身后的安全避风港的冲动。他坚信眼前的微渺希望，相信他们正在做正确的事情。但他们周围的空寂却隐隐透着不祥。

吃完东西后，艾莉丝重新戴上护目镜和一层一层的帽子。在艾莉丝重新爬上摩托雪橇时，奥古斯丁把饼干的塑料包装揉成一团，塞进派克大衣的口袋里。他按下启动按钮，但毫无反应。他又按了一次，还是没有反应。他的心跳开始加速。他深吸了一口冰冷的空气。**保持冷静**，他思忖着。**五分钟之前还能用呢**。他又试了一次，拨弄钥匙、油门，又按下启动按钮。他拉下护目镜，挂在脖子上，难以置信地盯着这台毫无反应的摩托雪橇。他下了车，后退一步，仿佛站远一点能更好地判断是哪里出了问题，可他看到的只是一台他弄不明白的机器。一股可怕的恐慌感涌进喉咙深处。他们被困住了，困在这个距天文台好几英里、距气象站更远的地方。这中间一片荒芜——没有绿洲，也没有庇护所，除了空旷无边的冻原之外一无所有。要是他们走路的话，很可能会冻死。艾莉丝在后座上动来动去，等着他接下来的行动。奥古斯丁瘫倒在雪地上——不是因为他想这样，而是因为他的双腿再也支撑不住了。他实在是愚蠢至极，离开了这片被遗弃的土地上唯一的避难所。他头靠摩托雪橇侧面，死死盯着空中的白色旋涡。冷风已经掩盖了他们来时的轨迹。只能这样了吗，等待寂静而冰冷的死亡？可他才下定决心，不能就这样死去。艾莉丝的一只小脚轻触他的肩头，他未加思索便伸手将她的靴子捧在手中，贴向脸颊。

“我很抱歉。”他说，话音未落，风声就已将它们吞没。他闭上眼睛，感受着裸露的肌肤被暴风雪侵袭后留下的阵阵刺痛。在眼睑闭合的黑暗中，他看到来自四面八方的闪烁光线，而当他睁开双眼，皑皑积雪的刺目白光让他瞬间失明。这将是一个安静的结局——他们可以继续向前跋涉，或是往回走，抑或留在原地，站在这台一动不动的摩托雪橇旁。无论哪种选择，奥古斯丁看到的都是同一种结局、同样的后果。他想象着艾莉丝的双眼被霜冻缝合，瘀青渗进她的脸颊。都是他的错，是他把他们带到这里，是他把他们从安全无虞的天文台带到这洁白险恶的茫茫荒野中。

他盯着右脚踏板旁边的燃料阀已经有一会儿了，然后才意识到自己在看什么：一个拨到“启动”和“关闭”中间的开关。奥古斯丁跪在地上，把脸凑近阀门。字迹清晰无误——也许是艾莉丝下车时踢到了它？他把开关一直拧到“启动”的位置，然后慢慢站起身。他一边摸索着电源开关，一边默默地祈祷了一声。摩托雪橇重新咆哮起来，他如释重负，浑身轻松。他将颤抖的双手放在车把上，紧紧握牢以缓解震颤。他比以往更深刻地领会到了这片土地的险恶。尽管如此，他还是驾着摩托雪橇一路前行——在低垂而漠然的太阳下，踏上这看似无穷无尽，实则可以丈量的遥远征途，驶向空茫的远方。

日光渐暗，他们停下车，解下帐篷过夜。奥吉想找一块巨石、一棵小树，或是一个高大的雪堆来挡风，使他们的营帐尽量隐蔽，但四周什么都没有，所以他只好在摩托雪橇旁扎营。帐篷是圆锥形的，一个橘色锥体矗立在一片白茫茫的景色中。帐篷的荧光面料映得雪地泛出幽蓝的光。他们安顿下来后，艾莉丝脱下头盔，摘下两层帽子，吃晚饭时则一直戴着那顶翡翠绿的绒球帽和黄色的护目镜。没有能用来生火的东西。他们在帐篷里抱在一起，凛冽的狂风在他们身边呼啸，橘色篷布在铝制支架上绷得紧紧的。帐篷钉在浅浅的洞里吱吱作响。奥古斯丁希望他们能顺利度过这个夜晚，希望在他们睡着的时候，帐篷不会在平滑的冻原上滑来滑去。他把烤豆罐头当作榔头，在它允许使力的范围内，全力将帐篷钉敲进积雪深处。他们把那罐豆子在小煤油炉上加热，打开帐篷盖通风。黑夜降临了。

艾莉丝随着拍打帐篷的风轻声哼唱。没有必要说话，也无话可说。奥古斯丁咀嚼着，听着风的凄凉呻吟，突然又觉得是不祥之兆，于是再次思考是否应该回去，带着艾莉丝远离安全的天文台是不是个错误。晚饭过后，他们爬出帐篷的帘门看星星。天空星辰密布，但那个晚上，北极光如水般在空气中荡漾，绿色的、紫色的、蓝色的极光舞动闪耀，满幕星光不过是为之衬托的平凡背景。他们向外走了一点点，离帐篷内电灯的光线远了一些，沉醉在极光中，仿佛想随某一道耀眼光线爬上天空。过了一会儿，极光暗淡下来，直至完全消散。奥吉不确定他们看了多久，他转过头，看到荧光橘色帐篷上空残留的最后一丝绿光也逐渐淡出视野。

当天晚上他们睡得很好，鼻腔中的呼吸升腾为雾气，被厚实衣物捆缚的身体面向彼此，下意识地寻找着暖意，而冷风则继续呼号，在他们周围歌唱。

早晨，他们又吃了一罐豆子，这罐里面混合了猪肉块。饭后，他们取下帐篷，将冻原收拾干净，抹去过夜的痕迹，继续朝东行进。白昼在他们眼前铺展开来，苍白而无穷。他们看起来仿佛根本没有向远处前进，只不过是在一架隐形的跑步机上奔跑。傍晚时分，他们看到一只北极兔蹦蹦跳跳经过冻原。它用后腿猛烈地蹦跶着，像踩着高跷，喜欢跳得更高而非更远。那天晚上扎营时，他们又看见另一只兔子，或许是同一只兔子，在附近蹦跶。奥吉把那只兔子指给艾莉丝，她正嚼着一大口用煤油炉加热过的奶油玉米，咂咂有声。

“这样它们就能看得更远了。”她说。他一阵沉默。她太少说话了，他每次都得费会儿神才能回应她。他意识到，她对极地野生动物的了解十分详尽，想到她反复读的那本《北极野外指南》，她或许已经记住了所有的东西。他感到一丝后悔。过去几年一直生活在这样的环境里，自己却从未试着学习一星半点与之相关的东西——不过不管怎么说，他也不是故意为之。他身边的这个小孩儿知道狼、麝牛和北极兔，而奥古斯丁只了解几十亿英里外的遥远星辰。他一生辗转于不同的地方，却从未试着了解他遇到过的任何文化、野生动物或地理环境，不曾了解那些近在眼前的事物。它们似乎稍纵即逝，不值一提。他的目光一直停在那遥远的地方，当地的见闻他都是在无意中获悉的。当他的同事们探索各个研究基地附近的区域，在丛林中徒步旅行或是去城市观光游览时，奥古斯丁只是更加埋首于天空，阅读与他研究方向相关的每一本书、每一篇文章，每周在天文台里花上七十个小时，试图一瞥一百三十亿年前的历史，却鲜少关注他生活的当下。

曾经也有过一些露营旅行，有过一些仰望星辰的夜晚，但那要么是因为有让他兴奋的酒精，要么是因为对头顶天空的痴迷，绝不是因为那时刻本身。奥古斯丁几乎都记不起那些旅行了。长久以来，他都挺直了脖子望向苍穹，总是错过地球上那么多无与伦比的美景。在记忆中留下印象的只有他收集的数据和记录的天体活动。他活了这么久，体验却少得出奇。

那天晚上又出现了极光，全是绿色的，持续了很长时间。他和艾莉丝坐在帐篷口，关了电灯，一直看到最后一波光晕从天空退尽。爬回睡袋时，他心潮澎湃。艾莉丝脸上露出的惊叹表情，几乎跟极光一样令人动容。他的意识渐渐模糊，直至沉入梦乡。他忘记他们已经骑了多远，还要再骑多远，只记得身旁艾莉丝的呼吸声、风的悲吟、脚趾和手指上冷冰冰的刺痛感，以及一种强烈而陌生的感受——清醒而满足地活着。

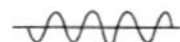

又经过一整天的骑行，又在冻原上露宿一晚，然后，在第四天的早晨，他们驶到了山脉边缘。周围的地形逐渐变得崎岖不平，古生代岩石从积雪中耸立出来，露出锋利的黑色锯齿。到了中午，已经很难找到可供摩托雪橇穿行的路了。在山脉的另一侧，哈森湖在陡峻的山峰下铺展。由于之前从未有过类似的旅程，奥古斯丁被这样的地形搞得既惊讶又气恼。有山道吗？他是否错过了一条更便捷的路线？前面的道路危险重重，但他们缓缓前行，一路向山上开，锋利的防滑钉刺进冰雪中。一连几个小时，他们都小心翼翼地骑着摩托雪橇前进。等他们抵达一段笔直的路径后，地势渐缓，微微倾斜。奥吉舒了一口气，加足马力迅疾行驶，将沿路的景色飞快地抛在身后，仿佛又回到了平滑空旷的冻原上。滑雪板在飞雪中穿梭，雪末如波浪泡沫一般在他们面前聚成一道白色的波峰。如释重负和全速前进都持续不久。当地形再次变得复杂起来，奥古斯丁已经无法透过漫天飞雪看清东西。没过多久，他们意外地撞上一块隐蔽的巨石，从摩托雪橇的椅座上摔了下来。腾在空中、飞过车把时，奥古斯丁好奇自己的身体能否受得住这样的落地，他们是不是早该回头，自己还能不能再站起来。这次撞击将冷风从他身体里挤了出去，他一边调整呼吸，一边挨个儿移动肢体，发现什么也没缺后，松了一口气。他转过头，看见身旁的艾莉丝已经站起身，瞧着她在摔下的地方留下的雪天使[1]。他坐起身，环顾四周，意识到摩托雪橇已经报废。车子侧身倒在一边，一个滑雪板已经碎裂。他慢慢地站起身，想看看有什么能补救的。然而，当他将摩托雪橇翻过来，想要重新启动时，引擎只是嘎嘎作响。**不会再有回程了**。奥吉是在哪里听过这句话的？他努力地回想。艾莉丝和奥吉收拾好他们能携带的装备，撇下剩余的东西，然后在四肢酸痛的情况下，踩着裸露的岩石和薄冰继续负重赶路。

他们徒步了数小时。地形再次变得陡峭。到达其中一座低矮的山峰时，白日将尽，他们也已精疲力竭。但在那里，站在高处，他们第一次看到了山下的湖——一片巨大的冰面。在夕阳下，他们看得到山脚下的气象站。虽然只有几间小棚子和一处高大的天线阵列，但这景象无疑令人欢欣鼓舞。那是他们的新家——现在已经无路可退了。他们最后一次扎营，第二天清晨开始下山。几个小时后，当他们终于翻越高原到达山下的营地，日光刚刚开始变暗。

---

1　雪天使（snow angel），指平躺在雪地上展开四肢后留下的形状。

营地不算大。在湖边积雪覆盖的平地上，有一顶低矮的半圆形绿色帆布帐篷，旁边是两顶形状类似但稍大一些的白色帐篷，每一顶帐篷都配有一根小巧的烟囱。帐篷的右侧耸立着一片高大纤细的天线矩阵和一座小型无线电站。湖岸边依旧积着雪，但土石地面已经显露出来。湖中央有一座小岛，即使在他站着的地方，也能看到岛上有几只北极兔跃到高空，隔着冰冻的湖面好奇地望着他们。湖里的冰块嘎吱作响，像冰冻的铃铛彼此蹭擦发出悦耳的声音。这新鲜而热情的声音，替代了狂风横扫冻原时肆无忌惮的呼啸。他们与凛冽的寒风相处了许久，但在气象站却听不到半点风声。奥古斯丁环顾这座依偎在大湖岸边的小小营地，一阵温暖轻柔的微风拂过他结冰的胡子。春天翩然到来。积雪开始融化了。

十

气闸舱打开了。苏利看着机械门向后摆开，露出一道狭窄的口子，通往外部深不可测、一片虚无的宇宙。黛维先爬出去，苏利紧随其后。苏利抓住外闸门的边缘，调整了一会儿呼吸，仔细观察了一下周围的环境，然后踏进真空。从外部看，“以太号”庞大无比，主要由储藏罐、辐射屏蔽罩、太阳能电池板和推进系统组成——这些是宇航员们从内部看不到的东西。苏利转头看旋转着的离心舱，它与飞船其他部位相比显得尤其迷你。他们六个人竟然在那里生活了这么久，在这片茫茫宇宙中挤在那一处小地方，真是令人惊奇。她将自己推过温室走廊和生命保障区域，经过实验舱，到达圆形的穹顶，在那里，她用巨大的白色手套朝那四张紧贴着玻璃的脸挥手。

“目前为止，一切都好。”苏利在通信头盔内说道。

她转过头，发现几码之外的黛维没有在看“以太号”，而是凝望着宇宙深处。苏利也转身看去。突然之间，飞船看起来一点也不大，反而微乎其微。她听到哈珀询问黛维是否准备就绪。

“收到，准备就绪。”黛维重复道。

黛维和苏利慢慢飘向通信天线盘基座所在处。它曾与“以太号”船身相连，位于船尾，在推进系统之前、储藏罐之后。远程整修工具是一条灵活的机械长臂，位于船身另一侧，可修理生活区和工作区出现的舱外问题，但还不够长，够不到天线盘基座。黛维和苏利缓慢移动着，像贴着高山的登山者一样在船身上匍匐行进，依靠系绳与飞船固定，一长串钢丝绳在她们身后飘荡，像是蜘蛛吐出的银色丝线。在控制舱内，其余宇航员依靠固定在她们头盔上的舱外活动摄像机与她们保持同步。哈珀确保她们沿正确路线前进，当她们对路线产生犹疑时，偶尔会给出建议，但大多数时间则保持沉默，让她们根据自己的速度行进。

此时只有一条细绳确保她不会坠入虚空，这一刻，苏利对哈珀产生了前所未有的感激。上一次太空任务中，与她共事的上一任指挥官在她工作时不断指挥她，向她发送各种指令，仿佛她是电子游戏中他的化身，而不是独立自主的专家。那是十几年前，她刚刚完成艾斯肯项目，第一次进入太空，在国际空间站生活，执行为期十个月的研究任务。她是年轻，可并不蠢，但她还是沉默不言。在那时，她已经听说了“以太号”选拔委员会开始物色人选的传闻，有传言说那次太空任务中的每个人都相当于在接受考查。她迫切地想上他们的名单。

第一次太空之旅令她坚信，自己会倾尽一切加入“以太号”。那时候，准备工作已经进行了数年，飞船本身在太空中组装的同时绕地环行，而他们则在地球上制造相关组件。时机合适时，她在国际空间站中能看到“以太号”。日光照射在船身上，它远远看来像颗人造星星那般熠熠闪耀。当“以太号”完成漫长旅行，航行到木星并返回，最终会与国际空间站对接，成为后者的固定组成部分。没有哪个宇航员不愿用灵魂来交换“以太号”处女航的一席之位——那可是载入史册的一席之位，可与尤里·加加林和尼尔·阿姆斯特朗比肩。没有人知道人员挑选和任务开始的确切日期，苏利从宇航员候选人升级为真正的宇航员时，各种流言蜚语已经在新老宇航员之间流传很多年了。

苏利抓着这艘飞船上的把手，从一处飘浮到另一处，她在船上生活了将近两年。她还记得七年前他们宣布“以太号”宇航员开始挑选的那天，也记得十六个月之后，他们邀请她加入的那天，以及当她告诉杰克这个消息时他脸上的表情。那时候，他们已经分居了，但谁都没有提出离婚。苏利想不起露西的表情，因为把这个消息告诉她的人是杰克，而不是她自己。他俩一致同意，由杰克告诉露西会更容易一些，但他们都清楚真正的原因——苏利无法亲口告诉自己唯一的孩子，是自己主动选择与她分别两年多的。这一切值得吗？倘若重新来过，她还会这么做吗？经历了所有的艰辛工作、牺牲以及无止无休的训练后，她终于站在这里：太阳系中最孤独的地方。她几乎苦笑出来。要是她能警告过去的自己现在的状况就好了。但即使真能知晓未来，她也不会改变选择。她回想起伊万诺夫的话：**不是每个人都有这样的使命感**。现在，飘浮在这片空茫之中，她感受到一股悲伤的宁静：她到底追随了自己的使命。自登陆卡里斯托之后，她就再没有出过舱。今天很美好，适合散散步，与此前所有的昼夜别无二致。她停止回忆，不再设想未知的未来。这些都不再重要了。眼前只有下一个把手，一个接着另一个。

"试试第四个储物舱——你对面应该有架梯子。"是哈珀，他以为她停下来是因为犹豫。她越过肩头望去，瞥见黛维正爬过飞船另一侧成排的储物舱。

"收到。"苏利回复。她跃过标着巨大黑色数字的光滑圆柱形舱体，抓住差点儿没看到的横梯。两位女宇航员同时到达船尾通信天线盘被撞掉的地方。苏利将手搭在黛维的肩上，黛维朝她竖起大拇指。

"目前为止，一切顺利？"苏利问道。

"目前为止，一切顺利。"黛维重复道。

她们把自己拴牢，开始检查损坏情况，为重新安装做准备。

苏利关上身后的外闸门。她们等舱内回压后才开始脱太空服。她们已经在外面待了五个多小时。其他宇航员聚集在内闸门内，等待她们重新进入飞船。最后，内闸门嗞嗞作响，哈珀将它拉开。黛维和苏利走进去，和其他人一起站在温室走廊里。伊万诺夫与苏利握了握手，底比斯和泰尔拥抱了她。哈珀一脸担忧的表情松弛下来，如释重负。苏利一手搂着泰尔的肩膀，这样就不用决定到底是像朋友那样拥抱哈珀，还是像同事那样跟他握手。底比斯仿佛不愿放开黛维，抱了她很长时间，像是个与孩子重新团聚的家长。大家跟着哈珀回到观测台，聚在穹顶下，讨论下一次出舱活动。他们重新看了一遍头盔摄像头里的录像。

此次舱外活动已经顺利完成，这要归功于他们为重新安装制订了一个可靠的计划。旧系统上一些受损过重的部分也已清除干净，被丢进小行星带，陷入永久的漂流。他们快进当天的录像，实时播放较为复杂的场面，赞美与欢呼声迭起；而屏幕变暗后，大家的心情却变得阴郁起来，因为第二次出舱活动的成功率不太能确定。她们出舱后，维修工作需要随机应变。接下来要操作的事情在水下基地可不曾训练过。大家提出了对第二次出舱活动的担心，集思广益，列出解决方案。但几个小时后，哈珀叫停了。宇航员们疲惫不堪，过去几天突如其来的工作所带来的疲倦在他们脸上展露无遗。

“休息一天，”哈珀说，“所有人在第二次出舱前都好好休息。我们一起准备晚饭，然后再讨论细节。”

伊万诺夫坚持做晚饭，这是他从没做过的事。他们坐在长餐桌边，看着他把罐头西红柿、土豆、甘蓝及冷冻香肠丢在一起炖了一锅看起来很诡异的食物，结果尝起来味道倒很不错。泰尔端起碗，咕咚咕咚地一口气喝下诱人的红色肉汤，抬起头呼了一口气，嘴角还沾着一点橘色汤渍。

“还不赖。”他说着，又盛了一碗。

伊万诺夫耸耸肩。“老食谱了。”他几乎是笑了——但并不明显。

吃饭的时候，他们重新探讨了第二次舱外活动计划。从着陆舱内取下来的新通信天线盘比原来那个小得多，但通过一些调整及增加的部件，他们已经知道如何让它正常工作。苏利和黛维在舱外安装时，底比斯会在飞船内部重新校准系统。最棘手的部分是把这些东西运出气闸舱，送到要去的地方。

晚餐后，泰尔、底比斯和哈珀做清洁，而伊万诺夫则去打游戏。苏利和黛维用餐时已经在打瞌睡，晚餐结束后几乎立刻就去睡了。夜里不知何时，苏利醒来时听到黛维在她自己的隔间里抽泣。苏利拉开隔帘，趿拉着鞋走过离心舱，蹑手蹑脚地钻进黛维的隔间。黛维正在做噩梦，苏利把她摇醒，她眼中的恐惧深沉而剧烈，让苏利也心感不安。

“怎么了？”苏利低声说，“做噩梦了吗？你很安全，黛维，你是安全的。”

黛维在苏利的衬衫上抓来抓去，拉扯着灰色的薄面料，仿佛自己将要淹死。过了一会儿，黛维才意识到自己醒了。她躺回汗津津的枕头，呼吸微弱，肌肉紧张。

“跟我说说你的梦。”苏利吩咐她。

黛维蜷身靠着苏利，浑身颤抖：“我们失败了。”

“发生了什么？”

“我们弄丢了天线。是我弄丢的，它飘进了太阳，然后我们——我们也飘进太阳里去了。都是我的错。”

苏利开始抚摸黛维的头发，或许她也曾这样抚摸过露西，用手指梳理她的头发，轻柔地解开每一个碰到的发结。黛维掩面抽噎，胸口随着无声的啜泣而起伏。苏利想象着黛维向她描述的梦，她也被吓到了。不仅仅是因为她们可能会失败，或是她们可能都会死，再也无法回家，无法知晓地球及所有人发生了什么——更是因为黛维觉得这是她的错。苏利重新意识到她和黛维肩负着怎样重大的责任。

黛维重新睡着了，但苏利还是陪着她。这个年轻姑娘的脑袋枕着苏利的肩膀。苏利手臂酸痛，但她一动不动，等待着，思考着，直到模拟日光悄然照进“微型地球”。最后，她溜出黛维的隔间，光着脚轻声走过安静的离心舱，回到自己的卧铺。她还扎着昨天的发辫，长发已经变得凌乱不堪、了无生气。在自己的隔间里，她更换了内衣，换上连身衣，将衣袖系在腰间。她用手指将头发分成几段，然后拉开隔帘，一边编着辫子，一边看着灯光亮起，不断加强，直至耀眼夺目。

那天一整天都在做准备工作。底比斯检查太空服和舱外活动工具箱，测试密封圈的牢固程度以及可能出现的故障。在第二次出舱活动前，伊万诺夫给苏利和黛维做了全套医疗检查，哈珀和泰尔则将通信天线盘捆绑好以便运输。伊万诺夫不只是一位天文地质学家，还是“以太号”上的医生。他已经几十年没有行医了，而且他的临床态度也谈不上友好，但他抽血迅速且不疼。第二次出舱活动可能需要八小时，或者更久——时间至少是昨天的两倍。医疗检查结束后，苏利离开实验室，去了控制舱。哈珀和泰尔正在那里看第一次任务的录像。

“伙伴们，”她说，“你们不担心，是吧？”

“当然不担心。”哈珀自嘲地说。泰尔噘起嘴巴，带着夸张的确信表情摇摇脑袋，双手交叉，眉毛拧到一处。这副虚张声势的模样不过是个玩笑。大家都很担心。

“那就好，我也不担心。”苏利飘向穹顶，向外望去。她能看到远处的火星仍像个针眼儿那么大，遗落在满目群星中。在控制舱内，哈珀和泰尔继续侦察，不断倒带，回放录像，直至满意为止，然后再播放下一段录像。苏利待在穹顶，沉浸在外部的黑暗之中。那片她即将再次涉足的荒凉景象中充满了危险、美丽与未知。她知道自己已经准备就绪。伊万诺夫对她身体的评估还可以，出舱活动的计划也已牢牢镌刻在脑海中。然而，一股无处安置的情绪仍在起伏搅扰。黛维的梦一定是因为恐惧，一种根深蒂固的恐惧，在理性无法触及的地方滋长着。也许有人会称之为直觉，但苏利不会，她把这归结为心神不定。她转身离开窗前，回到飞船上，回到任务中。

# 十一

在天黑前，奥吉和艾莉丝抵达了湖边的小营地，他们跌跌撞撞地进入遇到的第一个帐篷，在这贫苦却不那么严酷的地方暂时摆脱了屋外的刺骨严寒。尽管简陋，但霜冻的霉味和简单的摆设却让奥吉觉得它比这么多年来住过的所有地方都更像家。帐篷里有四张带帆布床垫的野营床、一个燃油炉、一台燃气灶和几件家具。用来支撑塑料篷布的铝制杆子卷曲在他们头顶。奥吉觉得自己像是坐在一头鲸的肚子里，欣赏着它的胸腔骨架。房间中央有一张牌桌、几把折叠椅，再远点儿有一张铺着气象图和天气记录的书桌、一个小型发电机、几个用作书架的木箱子。十多盏煤油灯被堆在牌桌中央，玻璃灯罩上一片乌黑，胶合地板上铺着胡乱搭配的粗糙地毯。这间房拥有整个巴伯基地所没有的舒适感——一种个性、一丝惬意。很明显，有人曾在这里生活，做过饭，读过小说，还玩过游戏。

他们放下装备，开始更加仔细地审视这里的东西。箱子里装满了平装书，大多数是爱情小说，还有一些悬疑小说和一两本基础烹饪书。野营床上的床垫用塑料防护罩包裹着，拆开第一个床垫后，奥古斯丁发现几条羊毛毯子、一条皱巴巴的床单，以及塞在塑料包装袋中的白色枕头。他抖落床单，拉直松紧带，将细长床垫的边边角角盖好，拍松枕头，又重新叠好毯子。

他在桌上点燃几盏灯，然后支开前门，让最后一抹自然光照射进来。长期无人居住的霉味在他身旁搅动起来，开始向外流动。艾莉丝重新回到户外，坐在离湖边几码远的雪地上，用一块石头画着“8”字。奥古斯丁找了块大石头坐下，陪她待了一会儿，欣赏眼前的景色。他浑身放松。这趟旅程终究是值得的。他们成功了。没有回头路了，但他在这里觉得安全。没有人员撤离后的影响，也没有停机库和跑道的空寂寥落。这个地方更像是一片绿洲，而非流放之所。

太阳已经沉落，被环绕着湖水的群山捕获。天空暗淡下来，变成深蓝色。接下来的日子里，有充裕的时间探索这个地方。他们安静地坐着，聆听冰块摩擦的声响。一头狼在遥远的地方嚎叫，湖对岸的另一头也呼应着，而他们仍旧坐着。天色已经漆黑，一只雪鸮从他们头顶掠过，停在一根天线杆上，好奇地盯着这两个人。群星开始在他们头顶的天幕上闪烁。

“饿了吗？”奥古斯丁问，艾莉丝点点头。“我来做点吃的。”他说道，撑着僵直的身体慢慢从石块上站起来。他很期待躺在野营床上睡觉，这种床一定比他们在天文台搭建的睡铺更舒服，也一定远远好过前几晚睡的冰冷地面。他走向小屋，看到煤油灯照亮墙壁，在门槛处就能看清跳动的火苗。他很高兴他们到底来到这儿了。

在屋内，他点燃了泊炉，但门还开着，好让艾莉丝结束与湖水的亲切会晤后可以钻进来。这是艾莉丝第一次见到水，他不知道她上次见到水是多久以前的事了。一年多前，他在最后一次度假结束后返回天文台基地时曾飞越峡湾，此后便再没见过水。冰冻的湖水提醒着他们，一个更温和的季节很快便会到来。他闭上双眼，想象着一个月后的景象：子夜太阳升起，涓涓细流向他们流淌而来。他想象着泥土的柔软、野草从贫瘠的地里破土而出，湖面消融后如玻璃般晶莹剔透，这一切都让他备感安宁。他可以停止与这片土地的对抗，哪怕只是一小会儿，哪怕就这么一次。自人员撤离以来，自艾莉丝出现之后，他感到无比踏实。这已是多年不曾有过的感受。曾经，比起脚下的这片土地，天空之上的变化于他而言更为重要，但此一时彼一时。他已经仰望得太久了，想想尘世的污浊，想想大地将重新焕发生机，这感觉也不错。

炉子开始让小屋升温，奥古斯丁脱下几层衣服，在燃气灶周围的一堆箱子和包裹中四下翻找。这里食物充足，他猜测其他帐篷中有更多用以过冬的食物储备，还有像这样的基地才能分配到的特殊物资。他找到一个煎锅，残留的油脂和尘垢粘在一起。他将它放在锡盆中，用帐篷一角大绝缘罐里的水清洗干净。他把平底锅放在生着火的燃气灶上，水珠开始跳动爆裂。他把一罐玉米牛肉倒入锅中，等碎末变成棕色、变得酥脆后，把它们分别盛进两个餐碟里，又炒了一些鸡蛋粉。这里有一大罐速溶咖啡，还有大量的炼乳和奶粉——**太奢侈了**，奥吉心想。当艾莉丝开始吃东西时，他烧着开水，准备泡咖啡，然后在她身旁坐下。

"好吃吗？"他问她，她大口嚼着碎末，点头称赞。

等水烧开后，奥吉给自己泡了一杯咖啡，加了大量炼乳以增加甜味。他觉得这是自己喝过的最美味的饮料，比威士忌还棒。用完餐后，他们继续坐在桌旁，餐碟堆在眼前，油炉在他们身旁嗡嗡作响。他们一言不发，只是享受着这份沉默。煤油灯照亮小屋。虽然屋外天寒地冻，炉子却把房间烘得异常暖和。奥古斯丁把餐盘放进水盆里，留着明早洗，然后为艾莉丝拆开另一张野营床铺。他们不习惯隔得太远睡觉，在天文台时，他们会一起蜷缩在地铺上，互相取暖。艾莉丝看着奥吉拆开塑料包装，抖开床单，再妥帖地铺在床垫上。他们拿出低温保暖睡袋，铺在床上。

夜里，奥吉醒来时听到一群北极狼的嚎叫。声音听起来很近。他猜想，它们可能正在营地后方的山脉中，嗅着他们遗弃的摩托雪橇，想据为己有。**就给它们吧**，奥吉想着想着，恍惚之间又睡着了。

早上，他在床上多躺了几分钟，享受着油炉熊熊燃烧送出的

暖意。一站起身，他便惊恐地听到软骨组织咯吱作响的声音。他的骨头相互撞击着，像多米诺骨牌一样沿着他的身体一一倒落。前天从摩托雪橇上栽下来后，他浑身酸痛，但侥幸活了下来。他找到一块清洁垫和一块肥皂，烧了热水，清洗昨天晚饭用到的平底锅和锡制露营盘子。做完之后，他漫步到户外，回头看他们的小屋，看到烟雾从细长的银色烟囱里袅袅升起，消失在淡蓝色的天空里。太阳早已爬过周围的山尖。还没见着艾莉丝的人影儿，他就先听到她的声音了——那随兴而作的低沉节奏配上只有她才发得出的热情哼唱。他循声而去，发现她坐在湖边一艘翻倒的小船上，正用一根木头击打船身，敲出节奏，细长的双腿盘在身下，帽子上的绿色绒球随着节奏摆动着。奥吉朝她挥了挥手，她也朝他挥了挥手，然后又沉浸到自己的创作中去。她变得不太一样了，奥吉花了点时间才明白——她看起来很快乐。他由着她继续唱歌，自己转身返回营地。

三间帐篷小屋排成一排，两间大的白色的和一间小的绿色的。帐篷后方是一堆石油桶、煤油桶和汽油桶。奥古斯丁对它们一一进行检查。另一间白色帐篷小屋要比他们现在住的更破败些，但差别不大。这里还有两张野营床，他觉得可能是个备用宿舍。或许在夏季，这个小营地的人会多一点儿。在绿色帐篷小屋内，他发现了食物储备和其他烹饪用品。这可能是厨用帐篷，大约在暖和繁忙的夏季才会用到。而在冬天，活动范围可能就缩小至他们住着的那间小屋。厨用帐篷里装满了各式各样数不胜数的罐头和脱水食品——他们好几年都吃不完的什锦水果罐头、速溶咖啡、奶油菠菜和无法辨明的肉类。尽管口味难以保证，但数量充足，种类繁多，令人惊叹，可比他们之前吃的东西好太多了。他们在这儿不会挨饿，也不会冻死——这一点毋庸置疑。

厨用帐篷外，安静得不可思议。太阳加热着环绕湖区的盆地，气温几乎是宜人的——他猜想，大约是三十五华氏度。他松开围巾，一动不动地站着，让阳光浸入他苍老粗糙的皮肤。他想不起上次感觉这么棒是何时了。他看到北极兔在湖中央小岛的堤岸上蹦来蹦去，凝望着他。他好奇它们是在那里避暑呢，还是会在湖冰融化成水之前，在一切还来得及之前，从冰面上蹦跶着返回大陆，在环湖的山脉间试试运气。或许——想到这里他笑了——说不定它们会游泳呢。

还有一幢建筑尚未检查——无线电天线阵列旁的控制站。他把它留到了最后。那是一幢由木材和金属建造的坚实建筑，与帐篷区隔开，更接近天线阵列而非生活区。奥古斯丁向控制站走去，把手放在开关把手上，却不知何故又停了下来。他想，**这总归可以再等等的**，便收回了手。这里的无线电或许可以联络到外界的幸存者，这是他来到这里的原因，但突然之间，这显得不那么重要了。他们可以在这里建一个家，安定下来。这不是他一直真正渴望的吗？他转头看向营地，看到艾莉丝躺在翻倒的小船上仰望天空，粗糙的木头鼓槌像葬礼上的花束一样被她搂在胸前。他离开控制站，回到她身边。

“要跟我一起走走吗？”他对艾莉丝说。

她抬起头，双腿从小船上滑下来，耸了耸肩膀——这是

“好”的意思。奥吉握住她的手，拉她站起来。

“走吧，”他说，“咱们去探险吧。”

湖面上的冰块尽管嘎吱作响，但仍然坚实。他们来来回回地滑冰，在厚实滑溜的冰面上赛跑、旋转、跳跃，偶尔会摔倒。艾莉丝想走去小岛，但走到一半，奥古斯丁开始步履踉跄，仿佛腿脚不听使唤了一样。当他第二次摔倒后，他们折返回去，走回营地。北极兔竖起耳朵，哆嗦着鼻子望着这两个人。在离岸边还有二百码的地方，他停下来休息，艾莉丝在他身旁一言不发地耐心等着，把手掌放在他的额头上，仿佛在扮演医生。

回到营地后，奥古斯丁躺在床上，艾莉丝泡了咖啡。咖啡太稀了，味道苦涩，因为她少放了速溶咖啡粉，也没加炼乳。但他感激地喝完，然后闭上了眼睛。当他再次睁开双眼，屋外的日光已经暗淡下去，艾莉丝坐在牌桌旁，在读一本爱情小说。她目光扫过书页，嘴唇嚅动着。封面上是一对穿着薄纱的恋人相拥在一起。

“书好看吗？”他粗声问道，声音沙哑，像是好几天都没说过话了。她耸耸肩膀，摆了摆手：**一般**。她读完那一页，把书倒扣在桌上，站起身，开始在厨房里找东找西。他慢慢意识到，她是想再做一遍昨晚他做的饭。尽管他没想着要教她，但她自己留心并学会了有用的东西，这让他满心骄傲。他心想，**也许这就是做父亲的感觉吧**。玉米牛肉的香味让他感到饥饿。食物做好后，他拖着身子坐到桌旁，他们俩便在煤油灯前吃完了晚餐。洗完餐盘后，他转身发现艾莉丝已经在他的野营床上睡着了，如一弯弦月那般蜷缩在平装小说旁。他关紧大门，上了门闩，确保半夜门不会被吹开，然后在油炉前烘暖自己洗碗时沾湿的双手。接着，他吹灭煤油灯，在她身旁睡下，两个人挤在一张狭窄的野营床上。艾莉丝微微翻身，书本从床上掉了下去，但她没被惊醒。他专注地听着她的呼吸声，当他迷迷糊糊快睡着时，终于确定这么久以来一直困扰他的恐惧因何而来：爱。

整个高中和大学的大部分时间，奥古斯丁都在社交隐形衣的庇护下安然度过。他安静、聪明、警觉。直到大学高年级时，他才意识到热力学课上坐在他两侧的女孩都对他有意思——他可以拥有任意一个，或者，如果他想的话，可以两个都要。但是，他想要她们吗？他要怎么与她们相处？高中的时候，他有过一次性经验，觉得挺令人愉快的，但是过于麻烦和别扭，不值得继续追求。然而，这样的暧昧对他而言倒挺新鲜的。这不只是身体的谜团，也是情感的奥秘。之前他一直没有人可以进行实验。奥古斯丁不会在有趣的研究项目上退缩，于是很快就连着睡了那两个姑娘。结果，她们俩属于同一个女子联谊会，当她们意识到二人约会的男孩是同一个人之后，很快就对彼此、对奥古斯丁恶语相向。那个学期是以眼泪和恐吓信收尾的，其中一个女孩还辍了学。但对他而言，这场实验成功了。他学到了一些东西，也意识到还有太多东西需要学习。

在接下来的几年里，他继续试验这些情感。他发明了更加新颖有效的泡妞方式。他会不遗余力地追求他的实验对象，不惜一切费用，不吝一切溢美之词，等她们终于爱上他时，他又会拒绝她们。起初，这过程是循序渐进的——他不再打电话了，不再在她们家中过夜，不再对着她们可爱的耳朵低语赞美的话。由于实验对象们才决定接受他，她们开始怀疑自己会失去他，因而加倍努力挽留他。做爱的方式会变得极富冒险性，若她们主动提出，他通常会非常享受，而后却可怜她们这么轻易地交付自己。接着，只有她们还会单方面提出共进晚餐、看电影或是参观博物馆的邀请。最后，他索性不再见她们，默默地鄙视她们，不会说告别的话，更不会说出那句经典的分手宣言："不是你的原因，是我的问题。"他会直接从她们的生活中消失。要是她们有胆量去找他，他会让她们觉得是她们自己疯了——仿佛他一直就是三心二意的，又或者，他从没想要真的得到她们。他对此从未感到内疚，只是充满好奇。

这些实验对象通常是这么叫奥古斯丁的：浑蛋、蠢货、婊子养的、垃圾。还有一些更学术的叫法：病态人格骗子、反社会分子、精神变态、施虐狂。他对这些名字很感兴趣，有时甚至觉得她们是对的。浑蛋，他的确是，但反社会分子呢？在他二十多岁、三十出头时，在他去新墨西哥州之前，这样的称呼倒是有可能的。他在这些女人身上观察到了他不曾感受过的情绪，目睹她们的疼痛，几乎不会产生一丝同情。他试图回忆：他爱过自己的母亲吗？还是只是为了让自己舒坦而操纵着她？即便在那时，他是否也在她身上做着实验，看看哪些行得通、哪些行不通？他是否向来如此？实际上，他并没有因为这样的可能性而感到特别困扰，这倒让这件事显得更有可能了。

他的做法并没有针对谁——没有针对任何人。他想明白爱的界限，想看看另一边生长着怎样的植被，又生活着怎样的动物。迷恋和欲望，它们是不同的吗？它们是通过不同的症状表现出来的吗？他想通过临床试验了解这些东西，试验爱的极限和缺陷。他不想真的感受它，只是想研究它。这不过是好玩罢了，是在探究另外一个领域。尽管他的本职工作更加难以捉摸，但他关于爱的疑惑并不容易回答。他从未感到知足。奥古斯丁习惯得到满意的答案，所以一直坚持不懈。

他的行为也不是没有后果。最终，他会越界。成为他实验对象的女人太多了，会变得太危险。他会在咖啡馆偶遇她们，在工作的时候碰上她们，或看到她们在他居住的街区散步。而且，这些女人互相都认识——要想结识另一个女人，有什么方法能比利用情人的社交圈更好呢？奥古斯丁不太在意道歉的事儿——直接离开更容易些，找一个新的天文台，争取新的研究员职位或是兼任教职，然后重新开始。这不过是他研究恒星以外的一个业余项目，是脱离书本的实验，与他的实际工作相比，实在是小巫见大巫。当他需要从研究工作中休息一下，他会沉沦于各式各样的肉体，抚摸不同的乳房、肚腩和双腿，但仅限于此。时不时地，他会感到遗憾，但不曾有过同情——他无法理解自己所面对的那些反应。小题大做，实在可笑。

当他获得博士学位时，父亲已经去世，母亲被关在精神病院。他没有其他家人，也没有榜样能学习如何去爱，有的只是对关系破裂和不幸童年的模糊记忆。他从来没有对电视或小说产生过兴趣。他想从实际生活中学习，从观察中学习。他做到了：他知道爱隐藏于不愉快的情绪旋涡中，是那个看不见也到不了的黑洞中心，它既不可理喻，也无法预测。他完全不想沾染，而他的实验更是一再确认它有多令人讨厌。随着时间流逝，他越来越喜欢酒精，越来越不喜欢女人。这样更轻松些，是个更好、更简单的逃避方式。

在三十多岁时，他接受了位于新墨西哥州索科罗扬斯基甚大天线阵列[1]的一份工作，那里有世界上最好的射电天文学职位。奥古斯丁在他的同事中已经很有名气了，其他方面更是声名昭著。他年轻又上镜，备受媒体推崇，而他的工作成就在其研究领域内也富有革命性。但他知道，在没有真的留下盛名之前，他的贡献不会被真正铭记。成功于他近在咫尺，但他仍需要构建出一套理论，好让他的名字与科学先驱者并驾齐驱。无论去哪里，他玩弄女人的名声总是比他自己先传扬开来，但他开创性的细致研究也会一路随行。所有机构都想邀请他，众多终身职位可供他自由选择。但奥古斯丁厌恶教学。他想要——不对，是他需要不断探索。

---

1　甚大天线阵列（Very Large Array，VLA），世界最大的综合孔径射电望远镜阵列。

扬斯基甚大天线阵列的职位与奥吉专注的光学研究并不完全对口，这很罕见，但赞助资金几乎是直接落到他手里的，既没有乏味的文书工作，也不需要官僚式的拉家常。也许花几年时间研究射电天文学正好能将他的研究提高至一个新的水准。他预订了机票，打包了行李。行李只有一件，就是那个巨大的仿古皮革箱子。从上大学开始，他已经拖着它跨越过无数海洋和大陆了。在索科罗，人们热情地欢迎他，他也很快安顿下来，欣喜于不同的风景，对甚大天线阵列也印象深刻。他在那里待了将近四年，比他预想的要更久，比他大学毕业以来待过的任何地方都更久——也是在那里，他遇见了琼。

## 十二

“今天早晨很适合散步。”黛维透过头盔朝苏利咧嘴笑道。“以太号”的倒影在黛维的玻璃面罩上晃动。虽然苏利几乎看不清黛维在倒影之下的脸庞，但她笑起来时，在炫目的强光下可以辨认出她洁白的大牙齿。宇宙包裹着她们，一望无垠，万籁俱寂，宁静得像是鸟儿开始啁啾前的拂晓，太阳唤醒地球前的黎明——只不过，这里没有破晓，没有正午，也没有薄暮。只有这无止无休的寂静。没有从前，也没有以后，只有无穷的时间碎片在昼夜变换之间永恒流转。

苏利感到平静，充满信心。她推动自己和通信天线盘在真空中飘移，感受着推进装置轻柔的振动，偶尔听到黛维或哈珀的声音。她们离飞船尾部越来越近，马上就到了。烦琐的安装过程需要好几个小时，但她有的是时间。她有安装工具、一套计划、一位合作伙伴和一整个团队，还有一个喷气背包。一切都会顺利的。她看到黛维抵达前方的安装地点，将运送的装置轻轻放下。黛维已经把系绳准备妥当，等苏利靠得够近，就可以把它们固定到位。这样一来，当她们重新配置电线，把天线杆与船身连接起来时，新天线盘可以飘在离飞船几码远的地方。天线盘受到系绳的束缚而来回摆动，像是一条长着大型圆爪的手臂朝她们挥舞着。黛维和苏利自己也固定在安装点。从连接点飘荡出来的松散电线仿佛美杜莎的蛇头鬈发。黛维本能地将电线小心翼翼地布置好，剪断、绞接以便吻合新通信天线盘的结构。黛维需要什么工具，苏利就递给她，用不着的就别在工具腰带上。

她们已经工作了几个小时，大部分时间都沉默无语。偶尔，黛维会伸手，问苏利拿腰带上的工具，但是她们之间并没有交谈。黛维专心致志地工作着，她应该如此；而苏利则时刻警惕着，也理应如此。一切都按计划进行着。然而，有些事情却不太对劲。苏利从太空服内置的吸管里喝了一大口水，左右转动被狭窄头盔束缚的脖子。

"'以太号'，请告知用时情况。"她说道。

"从舱外活动开始已经过去六小时了，"哈珀回应道，"你们做得很好，伙伴们。"

"差不多准备要连接了，"黛维说，"苏利，麻烦你把天线杆往下移动，放在距连接点上方约四英寸的地方，可以吗？"

"收到。"苏利说着开始收系绳。当她可以摸到天线盘后，她抓住天线杆，放开绳子，把天线盘拖至船身，让它悬浮于黛维正在工作的地方。

“完美，”黛维说，“就放在那儿，我来固定。”

电路连接完毕，又过去了一个小时。苏利开始局促不安起来。两个女人一起把天线盘拉低，黛维将电线装回孔洞中，苏利把控着天线杆，直至新系统到位，只要用螺栓将其固定在船身上就可以了。现在几乎大功告成。苏利又喝了一小口水，用戴着宽大手套的手拍了拍黛维的肩。

“做得不错。”苏利说道。黛维没有回应，一动不动地停在苏利的手下方。自行动开始以来一直徘徊不散的忧虑凝结为真正的恐惧。“嗨，你还好吧？”苏利保持声音镇定，脑袋里却一遍又一遍地重复着不要，不要，不要，像用拇指捻着念珠一样。

飞船的通信频率中传来一阵剧烈的静电声，夹杂着低沉的咒骂声，有一只手盖住了麦克风，却没有止住信号的传播。

“黛维？怎么回事？”苏利手里依然握着通信盘的天线杆，她向前探近，以便看清黛维玻璃面罩内的样子。又有一阵静电声。

“我们这里显示黛维的太空服内出现二氧化碳问题——黛维，你感觉还好吗？”底比斯在飞船内问道，“你太空服内的氧气含量刚刚急剧下降。”

苏利透过黛维面罩上飞船的倒影望向黛维，然后知道事情不对劲了。黛维神情恍惚，眼睛逐渐失焦，向上翻动。黛维挣扎着想保持警醒。

“回答。外面发生了什么？”

两个女人彼此对望良久，黛维挣扎着说话。“是涤气器，”她低声说道，“氢氧化锂筒[1]出故障了。我没有注意到，因为——”她竭力呼吸，但剩余的氧气不够填满她的肺部。她在自己的头盔里快要窒息了，“我本该注意到的。”

“回到气闸舱来！”哈珀说道，几乎是在吼叫。

“我想时间不够了。”黛维说道。她的手臂开始痉挛，抽搐着抖动起来，苏利看着她手中的工具从戴着厚重手套的指间飘远，转着圈儿飘向虚空。一切发生得太快了，苏利几乎没有任何时间反应。黛维失去了意识，在系绳上摇摇摆摆，像一棵树随微风的吹拂摇曳。苏利僵住了，双手紧紧握住新通信盘的天线杆。

“黛维。**黛维。**”

苏利眯着眼睛透过倒影望向黛维的面罩，看到她的面庞，神态比过去几个月都更为放松，仿佛睡着了，做着愉快的梦。不会再有噩梦，不会再有恐惧，也不会再有孤独。“以太号”上的其他宇航员检查了黛维的生命体征，震惊无比，一片死寂。在底比斯向苏利确认之前，她就已经知道结果了。

“苏利——她走了。她说得对，太晚了。你不可能……你什么也做不了。”

苏利只是模模糊糊地听到接下来的话，底比斯和哈珀心焦的

---

1 氢氧化锂筒（lithium hydroxide cartridge），宇航服外的装置，用来吸收宇航员排出的二氧化碳。

指令从飞船内传来，但她听不明白。那些话对她而言毫无意义。她盯着黛维的头盔，看着她的朋友做着美梦。她的双手紧紧握住天线杆，本能地保证通信天线盘安全无虞，但除此之外，再无余力思考其他东西。恐惧席卷全身，吞没了她的思考，掩盖了周遭的声音。等这股逆流将她释放，声音已经停止，她不确定这是多久之前的事了。几分钟？几小时？可是——还有工作要做。她必须完成。

"'以太号'。"她说。

"苏利文。"哈珀立即回答。

"我需要……"她停下来，咽了一下口水，抿了一小口水，又咽了一下，"我需要你告诉我接下来要做什么。"

她听到哈珀在通信器另一端轻柔地呼了一口气，底比斯正嘟囔着一些她听不清楚的话。

"你有钻头吗？"哈珀问。

她检查了一下腰带："是的，我有钻头。"

"螺栓呢？"

她用空出来的手拍了拍工具袋。

"是的，我有螺栓。"

"那就像我们练习过的那样。前两个螺栓会比较棘手，因为你得抓着天线杆，但在那之后，你可以放开手，两只手一起操作。收到？"

她无法动弹。"我想——"她开口，但哈珀打断了她。

"不，"他说，"不要思考。一次拧一个螺栓，苏利。"

她照办了。等完成后，她没有征求哈珀的允许，便把黛维从系绳上解下来。她知道这是她朋友所希望的——也是他们所有人都希望的。

苏利盯着那副身体。她越飘越远，越来越小，缩成一颗星星那般大小，最后消失不见。她会这样一直漂流着吗？她会飘进太阳里吗？还是飘向另一个遥远的星系？苏利想起“旅行者号”，它在抵达太阳系边缘后，开启了一段恒久的漂泊之旅。她希望黛维也这样——希望她的身体保持完整，即使失去了生命，也能踏上一段永恒而未知的旅程，穿越茫茫宇宙。良久，苏利一动不动，只是凝望着这片深沉的空茫，默默希冀这片虚空能温柔地对待她的朋友。

第二天早上，她尖叫着醒过来，被一股比以往任何时候都更为沉重的恐惧攫住。睁开眼睛后，梦境久久未散，在她的骨髓里嗡嗡叫嚣。她一遍又一遍反复看到黛维飘远，变成无尽黑色虚空中的一颗微小白点。起初，她试图重新想象一个迥然不同的结局——假想自己能够及时把黛维带回气闸舱，假想自己在空气变得有毒之前就意识到二氧化碳涤气器出了问题——但这一系列想象的场景并不能令她感到安慰。黛维已经走了，而苏利还在这儿。这听起来荒唐，但事实的确如此。

她照着哈珀的话做，收起思绪，一个一个地安装螺栓——一个小时的工作仿若一生那么长。结束之后，她回到气闸舱，从太空服里滑出来，进入飞船，其他四个人默默地等着她。她一言不发地飘过他们，回到离心舱，回到自己的隔间，拉上隔帘。她似睡未睡，半梦半醒。不管她躲藏到哪里，无论是失去知觉、意识模糊还是神志清醒，此次舱外行动的噩梦都如影随形。她无处可躲，因为她几个小时前沉陷其中的那片真空是真正意义上的无处不在。那片恶毒、冰冷又沸腾的黑暗，是他们的道路、天空和视域，它残暴而漠然地包围着“以太号”及飞船上的每一个人。他们在这里不受欢迎，也并不安全。过了一会儿，苏利停止逃避恐惧，让这突突跳动的疼痛与自己的心跳两相呼应，让它随着自己的呼吸起起落落。它沉淀下去，成为她生理机制的一部分。她已然明白，自己再也无法感到心安了。

黛维的死亡唤醒了苏利潜意识中深深埋藏并休眠的东西。她的大脑回放着曾经发生在她身上的一切，所有伤害过她的事情，但已不再按时间顺序涌现。在机场，当她和杰克分别时，他渐行渐远，露西靠在他的肩上，心形的小脸回头望她——那天，苏利离开他们前往休斯敦，希望这样的分离能够奏效，但心里却清楚不会有用，终究还是离开了；登上航班时，她的衬衫衣领依旧被女儿的泪水浸湿着。然后，在她第一次太空飞行时，她又一次抛下了他们，那时杰克已经给她寄了离婚文件，露西已经出人意料地长大了，头头是道地说着完整句子，金黄色的头发开始变深，眼里那股毫无保留的信任开始消失；当苏利还是忍不住说出“**在你还没意识到之前，我就回来了**”这样的话时，露西斜挑着眉毛，一副心知肚明的样子。

然后，她回来了：敲着曾是她自己家的门，被不知道哪里冒出来的人接待，尽管她知道那个人叫克里斯汀，那些字母烙印在她的脑海里，恒久而痛苦，像一块不幸的文身。她看到自己的女儿蜷在那个人的腿上；带露西出门看电影时，感受到她那股不情愿的劲儿；当她说自己不得不在周一回休斯敦时，杰克不易察觉地翻了个白眼；离开家时，她看到他们三人坐在沙发上的情景；她知道，自己的家人被爱护着，也被重视着，他们是安全的，而自己则跟这一切绝无瓜葛了。她知道自己被取代了，知道这样的取代是一种改善——那个人会成为比她更好的母亲、更好的伴侣以及更好的人。

那天，有人来探望过她。每一位宇航员都被拦在她的隔间之外。有些来了不止一次，但是他们的声音、他们用指节敲击墙面的声音听起来很遥远。哈珀和底比斯则更进一步，拉开了隔帘，悲伤地望着她，但她说出口的只有一句“明天再说吧”，因为她真正需要的是度过今天，撑到第二天。这是她唯一能做的。躲掉这一天，离它远远的——这甚至都不是真的一天，只是一段在光明与黑暗之间轮转的沉默，那时她紧紧抓着天线盘，而黛维已经在她身旁死去。她不去理会同事和朋友，即使看到他们的唇边和眉梢隐藏着伤痛，仍然一句话就拒绝了他们的心意：**明天再说吧**。她为此隐约感到抱歉。但她无能为力。今天已经够了。

她的闹钟像平常一样响起，她因彻夜未眠而精疲力竭，但还是起床了。她无法再继续躲藏一天。倒不是说她知道如何以其他方式度过这一天，只是还有未竟之事。他们还有工作要做，还有任务需要完成。她需要调配新的通信天线盘——它是这一切的起因。她坐起来，更换了内衣和衬衫，钻进一套新的连身衣，把拉链拉到脖子处。她抚摸着衣服上缀着的花押字，那是她名字的首字母缩写——是一个甚至连杰克都没有叫过的名字。自大学以来，她一直是苏利文，简称苏利。她继承了母亲的姓氏。她闭上眼睛，想象黛维的花押字。“以太号”的制服，黛维一直偏爱深红色，上面用白色的针线绣着：NTD。N 代表妮莎。

“妮莎·黛维。”她嗫嚅道。然后又说了一遍，接着又一遍，像是在诵经——又或许是祷告。

在厨房里，她见到了泰尔，他直接在非易腐食品的小袋子里吃着燕麦糊。他们的大多数食物用的都是这样的包装袋。他的黑发从头顶上散开来，鬈发笨重地支棱着，浓密又硬挺，仿佛在“微型地球”中和失重情况下是一模一样的。

“嗨。”他小心翼翼地说道。

“早上好。”她回答道，坐在他对面，吃着自己那份燕麦糊。

“我很高兴你起来了。”他说。

她点点头。他们沉默地吃着饭。吃完早饭，把包装丢了之后，泰尔站在苏利身后，双手搁在她的肩膀上。

“这事是很可怕，但这不是你的错。”他低声说，轻轻按了一下，双手放回身侧。即使燕麦糊尝起来像一坨烂泥，苏利仍强迫自己继续吃下去，感到一阵反胃。今天，她不想做的事情太多太多了，那些事情令她厌恶，但是她会做的，会去做所有的事情。她欠黛维太多了。

面前的桌上放着她和哈珀以前常玩的扑克牌。以前？她不知道现在这样的感觉是否会消散，她是否还能全身心地发笑，或是跟哈珀再讲些犯傻的玩笑，把牌洗得像瀑布那样，就像几个晚上之前一样。似乎不可能了。她想起在戈德斯通的那天，母亲教她怎么一个人玩牌。**如何保持专注**，她那时是这么说的。那很管用——苏利在母亲的办公室里独自玩牌的时间，似乎比童年的其他事情都要长。有关学校的记忆是模糊的，她的小学朋友像无脸无名之人在记忆里来来去去。她清晰记得的只有那间办公室，在餐桌上听母亲读新闻头条的清晨，以及开车去沙漠的夜晚。似乎只有塑料纸牌拍到塑料桌上的声音、空调的嘎吱嘎吱声以及控制室里传来的低沉声音才显得真实。她一直为琼感到骄傲，从来没发过牢骚，怪琼没有时间教她学蛙泳、骑自行车或是煎太阳蛋。有一年，琼晋升了，那可比她自己得 A$^+$ 或是得金色星星奖好上成千上万倍，因为这是她们辛勤的劳动、共同的牺牲结出的果实。苏利不介意被隔绝在昏暗积尘的办公室里，因为她知道琼正在做重要的工作——可以说，她就在走廊的尽头改变着世界。作为一个孩子，她最钦佩的人就是琼。从她明白母亲从事怎样的工作那刻起，苏利就知道自己想要继承她的事业。

她那无名无姓、身份不明的父亲也有类似的神话。她父亲正在做的工作比任何一个家庭都更伟大、更重要。每当苏利问起他，琼都会告诉她，她父亲是一个优秀的男人，他聪明刻苦，全身心投入工作，以至于心里没有余地留给她们母女。琼告诉苏利，要为他的使命感到骄傲——要知道，她没有父亲是因为这世界比她们更需要他。

“小熊宝贝，”琼会说，“你爸爸对一个家庭来说太过伟大了，但你和我，不多不少刚刚好，是彼此的最佳拍档。”

等她十岁，母亲结婚后，她们之间的关系改变了，破裂了。她们和她的新婚丈夫一起搬到加拿大。这一年还没结束，琼便怀孕了，在苏利十一岁过后没几个月，生了一对双胞胎。琼停止了工作，放弃了自己的研究，沉浸在母性世界中不能自拔。她以一种从未对第一胎孩子贯注的精力照料她刚出生的双胞胎宝贝。苏利曾为母亲感到骄傲，如今却不同了。如果这就是最后的结果，所有那些孤单的午后都是为了什么？一切的工作呢，所有的牺牲呢？双胞胎越长越大，开始说话，琼教她们叫她“**妈咪**”。苏利从未这样叫过她。已经没什么能留给她了，他们新组建的家庭容不下一个愤怒的青少年，所以她申请了寄宿学校，只在宿舍关门而没有其他地方可去的时候回家。一开始，她曾希望母亲会跟她吵架，恳求着给她打电话，低声下气地给她写信——至少承认苏利的愤怒——然而，她的离开被毫无争议地接受了。苏利毕业后，没有参加毕业典礼，直接去了美国南部上大学，回到了她曾经最幸福的地方。

琼在苏利拿到学位前去世了——是因为意料之外的第四个孩子难产，胎死腹中。琼再也没有从手术中醒过来，苏利也没来得及赶回去。入殓师给琼上了妆，把她弄得不像是苏利认识的人。在葬礼上，她坐在双胞胎姐妹旁边，小姑娘们生着棕褐色的眸子、赭色的头发，跟她们的父亲一模一样。苏利意识到自己是个孤儿了。这个家余下的一切从未真正属于过她。

哈珀在苏利身旁坐下。他冲了一杯黑咖啡给她。她怔了怔，缓过神来，感到羞愧；她悼念错了人。

“你像是需要这个。”他说。

她笑了起来，想让他感觉好一点儿，但这样的表情在她脸上显得陌生，像是戴了一张不合宜的面具。

“是的。”她说道，抿了一口。咖啡烫到了她的上颚，但她并不介意。能有这样确凿的感觉，感受到真实而不舒服的东西，可以让她从其他事情上转移注意力，不失为一种解脱，哪怕只有片刻而已。

“昨天真是对不起。”她说道，又抿了一口。

他轻轻摇头，双唇紧绷：“那不是你需要感到抱歉的事。我们都需要不同的东西。你需要时间。你今天看起来好些了。我很高兴。”

她耸了耸肩，用一只手捂住面前的马克杯：“我猜是我说话有条理了，如果你是这意思的话。”

“哈。”他干巴巴地笑了一声。他咬着自己的下嘴唇，不太好意思。笑容是不被允许的，目前还不可以。“你这样挺好的。”

苏利站起身，把咖啡杯留在桌上，杯子还是满的。她徘徊了一阵，不确定接下来要做什么、要去哪里。“我去工作了。”她最后说。

“工作，”哈珀点点头，表示同意，“我想底比斯已经在通信舱了。他看到你会很开心的。”

“那我就去那儿吧。”苏利回答道。

## 十三

他们住在哈森湖畔已经两周了，时间足够探索营地的每一个角落，但无线电站还是令奥古斯丁焦灼不安。他故意避开那里，仿佛那扇门背后的力量太过强大，无法掌控，仿佛他会从中听到不想知道的事情。这里没有望远镜，没有仰望星空的窗口，所以他没有工作，而是和艾莉丝一同玩耍。他们走到湖心小岛上，悄悄靠近北极兔。兔子吓得跳过冰面，跳上岸边，消失在环湖的群山间，他们则兴高采烈地欢笑着。他们找到一套老旧的塑料国际象棋，他教她怎么下棋，用几枚一分钱硬币代替丢失的棋子。他们还一起做冰雕。

然后他们一起吃饭。厨用帐篷里的非易腐食品数量巨大，种类繁多，比起他们在天文台吃的单调定量的口粮，这里的物资之丰盛令人喜出望外。这里有一座罐头博物馆——炖肉罐头、肉糕罐头、卤水烤鸡罐头、吞拿鱼罐头，以及他能想到的各种蔬菜罐头，甚至还有茄子罐头和秋葵罐头；有能量棒、蛋白质棒、格兰诺拉麦片棒、脆饼棒、肉条棒；还有鸡蛋粉、奶粉、咖啡粉、煎饼混合粉；以及数量惊人的黄油、猪油和植物油。艾莉丝爱上了什锦水果罐头，每吃一口甜樱桃味的都会闭上双眼细细品味，嘴角露出一抹浅浅的笑。奥吉对烘焙材料更感兴趣，或许可以做些新鲜暖人的甜品。他开始试着做磅饼与镶有巧克力片和葡萄干的司康饼，又尝试了烤面包。小苏打和烘焙粉的配给十分充足，可供十几个人吃上十多年。同样充裕的还有葱蒜粉、红辣椒粉、肉桂粉、肉豆蔻粉、咖喱粉、盐和黑胡椒。他从小就得在母亲身旁陪着，自那时起便很少使用烤箱，但他很快就找回了测重、混合材料，以及给锅子上油所带来的乐趣。母亲时常在厨房里雄心勃勃地开展烹饪项目，但通常都以失败告终，留下一堆原材料和烂摊子让奥吉收拾，而她自己则又被新的东西吸引。他都忘了自己很擅长做这些事了，更重要的是，他忘记了自己曾享受其中。这是一种陌生的感觉。他努力回忆自己上一次真正乐在其中是何时。

白昼继续延长，周围的积雪开始消融。营地周围一些低矮丘陵上的野草已经冒芽，几朵野花也忽然冒了出来，五颜六色地簇在一起，被一圈残雪包围着。春分已经悄然过去，没等奥吉反应过来，夏至也快到了——极昼即将来临。他以前在北极从未体验过极昼。每隔两年，货机会在夏天进行物资补给，由于这个季节的天空看不到星星，他无所事事，也没有理由留下来，所以他总是趁这时飞往南方。而现在，当天气渐暖，积雪融化，他开始意识到自己错过了多少东西。

五年前选择巴伯天文台作为研究基地时，他已经是个老头儿了，职业生涯将近结束，开始领悟到自己搞砸了多少事。他被这里与世隔绝的状态和严酷的天气所吸引。这里的景观与他的内心状态是吻合的。他没有对自己的所作所为尽力补救，而是逃到了极地的山顶上，在北纬 81° 的地方自暴自弃。不论他去哪里，痛苦都与之相伴。他并不为此困扰，也并不惊讶。是他自作自受，当时他也期望如此。

此时此刻，看着艾莉丝在岸边扔出去的岩块在湖面冰盖上弹起，一阵奇怪的感觉向他袭来，这是一股混杂着满足与悔恨的情绪。他从未如此快乐，又这么悲伤过。这让他想起了索科罗。在新墨西哥州的那些年是他拥有的最为清晰鲜活的回忆。只有到了现在，几十年之后，他才终于幡然醒悟，明白索科罗曾是他能过上像现在这样生活的最佳时机——坐在湖边，感受春天的气息，看着艾莉丝，心里充满感恩，觉得完满，觉得真真实实地活着。多年前遇到琼时，她使他走出冷静的沉思，扑向炽热的感情。他无法观望她，而是必须拥有她，必须被她重视。她不仅仅是一个实验对象、一个新增加的变量。她让他担惊受怕，迷惑不已。他爱过她，这毫无疑问，现在的他终于可以承认，在那时却并没有那么容易。当她把自己怀孕的消息告诉他时，她二十六岁，他三十七岁。他能想到的只有他的父母和他残忍的实验。他不想恋爱，他告诉琼，他永远都不会成为一个父亲。他说，*永远不会*。

她没有哭泣，他记得清清楚楚，因为他本以为她会流泪。但她只是用那双悲伤的大眼睛看着他。**你是伤透了心**，她说，**我希望你不要再这样伤心了**。如此而已。

他在曾经生活过的智利阿塔卡马沙漠找了一个职位。他尽快离开了新墨西哥州，尽可能地完全忘了琼。直到很多年以后，他才允许自己再次想起她，想起本来可以实现的东西，想起已经发生的事情——一个遗传了他的基因的孩子，也许长着和他相似的眼睛、嘴巴或者鼻子，而那孩子的生活中却没有他。一个没有父亲的孩子。他拒绝思考这个问题，但它一次又一次地浮现出来。最后，他给索科罗基地去了一个电话，但消息寥寥。在他离开新墨西哥州之后，琼很快也离开了，但她和其他一些研究员还保持着联系。他们告诉奥古斯丁，她在加利福尼亚州南部的沙漠地区生了一个女孩，是十一月生的。他查到她的工作地址，记下后藏在钱包里好几个月，就放在他的驾照背后。

等到宝宝生日，他寄过去一台他买得起的最贵的业余天文望远镜。没有卡片，也没有回寄地址。琼知道是谁寄的，也可以决定怎么跟女儿说。他想知道琼会如何跟孩子提起她的父亲，是谎称他已经死了，说他是一个战俘、一个旅行推销员，还是实话实说，告诉她——该怎么说呢——说他不要她妈妈？说他不爱她们？多年以来，他一直给她们寄东西，但从没写过一张卡片，不过是偶尔为他的基因花点钱而已。他不好说这些举动都经过深思熟虑，但总好过什么也没有。时不时地，他会给琼寄张支票。他知道她兑现了，但只收到过一次回信：一个普通白色信封里塞了一张照片。那时他已经从波多黎各的天文台搬去了夏威夷，她寄到了之前的旧地址，于是这封信又耽搁了数月才最终辗转到他手里。小丫头看起来像她的母亲，这或许是件好事。第二年，他的礼物仍是寄往加利福尼亚州南部的那个地址，但被退回了，上面标着**“查无此处”**。自此，他再没有听说过她们的消息。失去她们几乎是一种解脱，每年寄礼物只会提醒他自己的不称职。他不过是不写回信地址的寄件人，是数额不大的支票簿罢了。研究事业刚起步时的那股激情和对前景的期待，已经退缩成孤独的执迷。关于这一点，他多年前就已明白，不需更多证据。

一对北极燕鸥开始在离营地不远的地上筑巢。显然，它们以为整片湖都属于自己，所以当奥古斯丁冒险靠近巢穴，想要仔细瞅一瞅时，迎接他的是鸟儿的猛扑和尖叫。它们像灰白相间的小导弹一样扎下来，从满身羽毛中伸出红色的爪子和尖喙。艾莉丝似乎不会激起它们的猛攻，但奥吉几乎无法靠近它们，一接近就会受到攻击。他的头顶不止一次被鸟儿猛烈地啄击。后来，他在营地附近找到一块胶合板给自己打掩护。与明显更为庞大、更为坚实的生物产生多次摩擦后，燕鸥放弃了进攻，由着他看。它们竟然这么轻易就投降了，他颇感意外，但心里推测，像它们这样一生都在南极和北极之间反复迁徙的鸟类，每年要飞行四万四千多英里的路程，大概算不上是富有创造性的生物。筑巢工程进展顺利。它们在漫长的旅途中见过怎样的风景？在每年都进行的同样荒谬无趣的旅行中，它们是如何生存下来的？奥古斯丁观察着燕鸥为迎接雏鸟的到来而做准备，为它们敢于在世界尽头哺育新生命而赞叹。一只燕鸥转过头来，用一只眼睛盯着奥古斯丁。**你知道什么我不知道的吗？**奥古斯丁问它。但那燕鸥只是抖抖羽毛便跳着离开了。

一天早晨，太阳升起后便没再落下。一连好几天，太阳都在傍晚时分落到山脊处，却不再沉入地平线，且很快便悬在高处，彻夜通明。极昼开始的那几天，奥吉和艾莉丝完全失去了时间概念。他早就记不清日子了，但他清楚，要是子夜太阳升起了，那一定是到四月中旬了；同样地，要是湖面被黄昏笼罩着，那就是九月末了，到那时，太阳就在地平线下方徘徊，很快便会完全沉落，让北极陷入另一个漆黑的漫漫长夜。

时间变得无关紧要。记录时间唯一的目的是跟外界保持联系，但现在并无任何形式的联络，因此毫无意义。即使是在这奇特的纬度，白昼与黑夜也一直是地球的钟摆，奥吉现在想不到任何理由不遵循这规律。冬天让他苦痛不堪，他的关节、免疫系统和脾气都不太听使唤。不过，现在的天空光芒万丈，这让他感到轻松愉悦，神经像充了电。他的生活节奏变得明快起来：累了就睡觉，饿了就煮东西吃，想要散步的时候就去看看燕鸥。他在小屋入口搭了一处露天门廊，摆了一把之前的住户用多余的胶合板做的摇摇晃晃的阿迪朗达克椅[1]，还放了一个空包装箱当垫脚凳。

---

1　阿迪朗达克椅（Adirondack chair），半躺半坐式木椅。

奥古斯丁裹紧衣服，坐在那把椅子上，眯眼看着积雪在湖面上反射的亮光，等着暖流搅动高原上的寒冷空气。

艾莉丝也轻轻松松地适应了这里。比起连续不断的长时间睡眠，她现在更喜欢短暂地打盹儿。奥吉做好饭端到她面前，她会吃掉，要是她自己饿了，就会从厨用帐篷里拿条酥饼棒，或是在非易腐食品中搜寻其他食物。她大部分时间都在冰面上来来回回滑，有时则跑到湖心小岛吓兔子。她找到了更多的鸟巢。由于没有灌木或树木，只有低洼植被和岩石，所以鸟巢都搭建在地上。他们第一天看到的雪鹗成了常客。他们对身后群山间远远传来的狼嚎声也已习以为常。在一个极昼的夜里（或是白天，这已经不再重要了），奥吉惊醒过来，听到一只毛茸茸的大型动物摩擦帐篷的声音。他坐直身子，看到艾莉丝还在休息。他意识到那是一头狼在小屋边上搔痒，它与奥古斯丁的头部只隔着一层几毫米的塑料绝缘面料。想到这里，他打了个激灵，但总的来说还算镇定，又重新入睡了。湖区其他的生物和环湖的群山已经渐渐习惯了这两个人的存在。慢慢地，奥吉也能接受它们作为邻居而存在了。

有一天，天空明亮，他们睡醒后发现积雪彻底消失不见了。湖里冰块的摩擦声变大，撞击着湖岸，发出沉闷的嘎吱声。冰雪融化后积成的水潭越来越多，淡蓝色的冰面变得暗沉发灰。最终，冰盖破碎，微风吹着残块相互撞击，听起来像是高脚杯碰杯的声音——向夏天致敬。一天——奥吉猜想是七月初的一天——一阵大风吹过湖面，把柔软的冰块碎片从水里推到泥泞的岸上。

它们冲向地面，像一波波坚硬的白色石英碎片。湖水漫过棕色的松软土地，湖区盆地开始回暖了。不久之后，天气足够暖和了，奥古斯丁可以只穿着保暖衣坐在自制的阿迪朗达克椅子上，而艾莉丝则光着脚丫在满是石子的湖岸边行走。

等湖里的冰块融化得差不多后，奥古斯丁好好睡了一觉。悠闲地吃完早餐后，他走到翻倒的小船旁，把它翻过来。在那间未使用的休息帐篷里，他发现了一台舷外马达、两支桨和一些渔具。他整理了所有东西，拖向湖边，但没拿马达，因为不确定自己能否搬得动。艾莉丝在一旁兴奋地看着，把小船一寸一寸推向岸边。他们一起使劲儿，让一半船身入了水。

“咱们晚上吃嘉鱼？”他眨着眼睛说道，而她尖叫了一声。他从没听她发出过这样的声音。她踮着脚跳来跳去，仿佛地面变得滚烫，而那艘船是唯一的避难所。他们已经很久没吃过这么新鲜的东西了。钓竿装好了，他的口袋里有一个橙色的旋式诱饵，皮带上挂了一把锋利的猎刀。他进屋找了个可以放鱼的桶，从岸边舀了一些碎冰，装在桶底。艾莉丝已经在船上等着了，看起来警觉又兴奋。奥吉用力推了一把小船，在它离岸之际跳了上去。

奥古斯丁划着船，艾莉丝面向湖心小岛坐在船头，把双手伸进湖水。他好奇她以前是否坐过船。与她眼前延绵的山脉相比，与小岛和大湖相比，她看起来如此瘦小。她的肩膀如此狭窄，简直无法将她支撑起来。等他们划得足够远了，他搁下桨，拿出钓竿。他小时候钓过鱼，但觉得自己现在笨手笨脚的，没什么信心。他把玩了一会儿钓鱼线圈，就回忆起了抛线入水的动作。他第一次甩线不是特别好，但第二次就甩得很远，轻声入水。他开始一点一点卷线，只给诱饵留下在线端另一头自由沉浮的余地。艾莉丝仔细看着他的做法。把线圈都收回来后，他又抛了一次线，然后把钓竿交给她。她毫不犹豫地接过来，然后开始收线。他们来来回回传递钓竿，奥吉抛线，艾莉丝收线，没等多久就钓上了鱼。有个傻帽儿上钩了，钓竿尖端弯向水面，一开始只是轻轻地晃动，等到钓竿离湖面只有几英寸时，摆动开始加剧。艾莉丝双眼睁大，手上紧紧用力。她望向他，等待指令。

“抓牢竿子，继续收线。看样子，你钓到了一条大家伙啊。”

随着她把鱼线收得离他们的小船越来越近，这条鱼反抗得也越来越剧烈。奥吉本以为应该从她手里接过钓竿，由他自己收线，但她做得不错。不一会儿，这条鱼就啪嗒啪嗒撞击着船身，搅起白色的泡沫。他拿出网袋，把它舀起来，估摸着这是一条五磅重的北极嘉鱼，比艾莉丝的手臂还长，宽度是她手臂的两倍。它在船底扑腾，精疲力竭，但仍试图翻身回到水里。奥古斯丁抽出刀，想把刀尖插进嘉鱼的脑袋，割断它的脊髓。他停顿了一下，看看艾莉丝，想起那天晚上在停机库时，她对那头狼表现出的温柔。

“你可能不太想看。”他说。

她勇敢地摇摇头，眼睛一动不动地盯着鱼。

他用刀剔除嘉鱼的脊骨，把钩子从它嘴里弄出来，接着用刀切除鱼鳃，两边各是一刀。他将鱼提到船身一侧，等鱼血流尽。

黑色浓稠的血沿着尾鳍流下来，落进清澈冰冷的湖水中。他抬头看了看艾莉丝，见到她皱起了鼻子。

看到她的表情，他笑起来。“不好意思，小丫头，”他说，“不能吃生鱼噢。”

“下条鱼我来弄。”她叛逆地说道。

奥吉把嘉鱼放进他准备的桶里，粉红色的血渍淌在桶底的冰块上。他在湖里洗了洗手和刀，将刀刃折回刀柄里。

“好吧，”他说，“这次你来抛线，怎么样？”

他把钓竿递给她，向她展示如何用食指握住线，在最后一刻抛出去。

她不耐烦地点点头。“我知道了，”她说，挥手让他离远点儿，“让我自己待会儿。”

吃完烤鱼、罐装豌豆和混合着大量蒜粉的土豆泥之后，艾莉丝和奥吉坐在帐篷外，看着湖上泛起的波纹如光带一般蜷曲在湖面上。当奥古斯丁在椅子里醒来时，他完全不晓得自己睡了多久——湖水继续泛着涟漪，太阳依旧照在他的赤脚上。在哈森湖的另一边，他看到一群麝牛在岸边喝水。他压低从厨用帐篷里找来的一顶宽檐帽的帽檐，眯着眼睛望向水面。一共有八头牛，第九头是一只小牛犊，几乎被一层层冬季半脱落的浓密毛发遮住了。它的母亲在喝水，它则紧挨着母亲。他转头寻找艾莉丝，但她没在椅子上，哪儿都看不见她。也许她睡着了。奥吉撑着椅子的粗糙胶合板扶手努力站起身，慢慢走到水边。

麝牛群继续把鼻子埋在浅水滩中。他看到小牛犊变得不耐烦，用蹄子踩踏、摩擦着松软的土地，把脑袋顶在干渴的母亲的后腿上。

“Umingmak。”他喃喃地说道。这是麝牛的因纽特语说法。他不知道自己是在哪里学到的，也不晓得怎么会记住。意思是，**长胡子的东西**。

他伸手摸了摸脸，摸到下巴和脖子上丛生的硬挺胡楂儿和头上的长发。这么多年了，还是很浓密。他笑了——指尖拂过嘴角，想确定自己笑的方式是正确的。

## 十四

工作是一种解脱。苏利不想休息，不想失去将思绪收拢起来的专心致志。但她实在太疲倦了，以至于注意力逐渐下滑。一整个早上，大部分时间底比斯都和她一起在通信舱内工作。他们没有谈论那次舱外活动——除了手头的任务，他们什么话也没说。苏利对这沉默心怀感激。让新通信系统重新运作起来是她唯一能做的事。她担心哪怕是最微小的同情姿态都会使她恢复原状，重新回到隔间，拉上隔帘，盯着自己的双手，看到的却是隐匿在白色太空服里的黛维，变得越来越小，越来越小，直至消失不见。底比斯建议他们休息一下，去吃午饭。

苏利看着底比斯在前面滑下入口。她第一次发现，即使是在失重情况下，他的肩膀也已经变了形。底比斯似乎被掏空了，像一管快要用完的牙膏，然后她意识到，自己并没有考虑过其他宇航员的感受。这不仅是她的悲剧，也是他们所有人的悲剧。大家都看到黛维飘走了：苏利是在现场，但其他人也通过头盔摄像头看到了一切。每个人的脑海中都在循环播放着同一个瞬间，而不只是她自己。她必须提醒自己，痛苦的不仅仅是她一个人。等底比斯在"微型地球"着陆后，她也滑下入口，感受着重量重回身体。

所有其他宇航员——底比斯、哈珀、泰尔和伊万诺夫——都围在桌旁等着她。她看到泪水从伊万诺夫的脸颊上滑落，然后意识到自己也哭了，默默地释放着从早上醒来就开始在眼里积聚的泪水。她舔了舔落在嘴唇上的一滴咸咸的泪，和他们一起坐下。他们传递着最后一盘用锡纸包着的牧羊人派，那是他们为特别场合预留的食物。他们默默地吃饭，又传递了一遍盛着派的餐盘，各自吃了一些。吃完派、清洗干净餐盘后，伊万诺夫握起泰尔和哈珀的手，其他人也照办了。他们低下头，下巴抵着胸口。

"'以太号'失去了她最小的女儿。请保佑她。"伊万诺夫说道。

他们保持这个姿势良久，等脖子开始疲惫时，底比斯抬起头，加了一句："我们爱她。"话虽不多，但都发自肺腑，也很有帮助。他们在"以太号"上的日子漫长、艰苦而又美好。自始至终，在座的每一位都十分爱护黛维。苏利看着她的伙伴们，突然领悟到他们就是她的家人——他们一直在一起。

那天下午，他们收到了一星期前主通信天线盘脱离飞船后的第一个信号。苏利旋高声音按钮，这样她和底比斯就能沉浸在欧罗巴探测器重新传回的遥测信号中，重新收听它们通过扬声器发出的低响了。苏利检查了所有机器，确保它们能正常接收信号，又把所有东西拷贝到硬盘上。舱外活动实现了他们最初的目标——至少这样的牺牲是值得的，而非一无所获。苏利想起黛维挣扎着保持清醒时对她说过，已经迟了。苏利能感觉到自己正笨拙地抓着天线杆，能看到她朋友面罩上的玻璃闪着光。她再次感受到当她紧紧抓着天线、看着黛维死去时的无助：无法移动，无法对发生在眼前的可怕问题进行补救，哪怕相隔只有几英寸。她也曾不止一次地怀疑，黛维怎会没有提前意识到呢——她是否已经看到太空服里的含氧量下降，感觉到了问题，却什么也没说呢？苏利永远无从知晓了。

她转过身来，听见扬声器里传来模糊的声响和跳跃不定的信号。还有工作要完成，她一股脑儿扎进去，从一台机器飘到另外一台机器，检测收到的信号，修改静噪设置。信号逐渐更为清晰，回应也更加柔和。等这一天结束时，她和底比斯已经尽力将新通信系统调整完毕。信号收发状况都比以往更好。若外面的世界真有人试图唤他们回家，他们一定能听到。

底比斯离开后，苏利留下来继续收听。她产生了一种……说**联结感**不太确切，因为外部没有可供联结的东西，但她觉得不那么孤单了。她已经完成了自己的工作，铺好了电磁红毯，只等有人联络。倘若无人响应，空等一场，即使经过了这么长时间，这么多努力和牺牲之后依然未能实现目标，也不是她的责任了。她已竭尽全力。**他们**都已竭尽全力。她正在远离搅动不息的失落与隔绝，进入一个更为安静的时空——在那里，指挥中心的信号向他们飞奔而来，她也已做好了准备，期待着接下来会发生的事情。

苏利回到“微型地球”时已经很晚了。她发现泰尔仍待在老地方，拇指悬在一台游戏控制器上，但有一个显著的区别：伊万诺夫坐在他身旁，手里握着另一台控制器。她从没见过他们俩一起玩游戏。伊万诺夫的金发从额际向后梳，红润的脸颊因为比赛而焕发光彩，他那惯常坚硬如石的面容显得不那么僵硬了。泰尔看起来激动不已，棕色的眼睛睁得老大，对着屏幕龇牙咧嘴，脸颊上毛茸茸的黑胡须比平常更为浓密，仿佛他的毛囊也在对拥有一个真实对手这样的新奇之事有所回应，而且那还是一个他非常想打败的对手。这两个男人没有看她，沉浸在游戏的挑战中。苏利沿着离心舱的环形道走到长餐桌旁。哈珀和底比斯面对面坐着，在玩“五张抽”[1]，用底比斯工具箱里的螺母和螺栓下注。苏利在底比斯身旁坐下，看着他们玩。

“底比斯告诉我，我们的通信恢复正常了，又能工作了。”哈

---

1 “五张抽”（Five-Card Draw），一种纸牌玩法。每人五张只有自己可见的手牌，有一次换牌的机会。开牌后点数大者胜。

珀一边说道，一边放下一个葫芦[1]。底比斯吹了声口哨，扔下自己的一手牌。

苏利点点头："恢复正常了。但还没收到什么信号。"

"你要加入吗？"底比斯一边问她，一边用优雅的棕色的手洗牌。肉粉色的指甲在扑克牌上动来动去，像是小巧的蝴蝶。

"不了，谢谢，"她说，"我看看就行。"

"我们马上就要搭载火星的轨道了。"在哈珀切牌时，底比斯说道，"然后再借助弹射飞行回到地球。我觉得等我们更靠近了，捕捉到微弱信号的机会就更大。"

她望向伊万诺夫和泰尔，他们依然专注在游戏上，聚精会神地进行着比赛。她又看向底比斯和哈珀。底比斯没有拿起手牌，而是按在桌上，掀起一角看了看。哈珀注意到她仍然盯着底比斯的手。

"你确定你不想玩吗？"哈珀问。

"我确定，"她说，"我得回趟通信舱。有点事情忘记做了。"她从桌旁起身。

"你不打算吃点东西吗？我们都已经吃过晚饭了，"哈珀说，"有一些烤宽面条。我们给你留了些。"底比斯放开牌角，纸牌弹回了桌上。她从厨房里拿了一份果皮，给哈珀看了一眼，然后放进了口袋。她不打算吃，但是哈珀宽心了。离开"微型地球"时，她听到伊万诺夫胜利的呼喊，伴随着泰尔低沉的叹息。

---

1　三张相同点数的牌外加一对点数相同的牌。

她慢慢穿过温室走廊，让航空养殖的植物的勃勃生机填满自己。它们压制住思想，用颜色填满她的脑袋，让大脑的每一个角落、每一条缝隙都渗透着绿意——绿色，是家的颜色。她不确定能否维持现状，让这份葱郁的安宁持久下去。但她一这么想，其他那些思绪就奔涌回来，浓郁的碧翠便褪色了。现实太过沉重。她不过是迷失在混沌海洋里的一小段意识，与“以太号”相差无几——在真空中穿梭，薄弱的外壳在宇宙强大的力量面前日渐脆弱，一路上伤痕累累，正如他们生活其上的这艘飞船一样。

苏利在控制舱的入口处停下，但是没有进去。她要远离穹顶之外游荡着的黑暗。她转过身，将自己推向通信舱，提高了沉默的扬声器的音量，让传来的声响将她吞没。她心想，**这里已经沉寂太久了**。过了一会儿，她开始扫描，试图找到一些同样正在漂流的伙伴。她找到一台仍在绕火星环行的旧自动勘测器，找到了第一拨进行土星探测的“卡西尼－惠更斯号”[1]，还收到了一直期待听到的“旅行者三号”的信号。这个漫游者正向太阳系边缘移动，穿过太阳风层顶[2]，进入奥尔特云，直至进入星际空间。接收到的遥测数据稀疏零落，且均为基础数据。自她上次搜索至今，“旅行者号”的一些功能已经关闭。从等离子体读数可以推测，

---

1 “卡西尼－惠更斯号”（Cassini-Huygens），第四艘前往土星、第一艘绕土星环行的空间探测器，1997 年 10 月发射升空，2004 年 7 月进入环绕土星的轨道，2017 年 9 月 15 日以坠入土星大气层的方式结束使命。

2 太阳风层顶（Heliopause），也称日球层顶，太阳风可抵达的最远处，通常被认为是太阳系的外层边界。

“旅行者号”已经离开太阳系，进入了新的恒星系。

她在通信舱内待了几个小时，听着声音，看着屏幕。当她回到“微型地球”时，其他人要么已经睡下，要么隐匿在自己的隔间里，阅读灯的亮光照在隔帘上。她还没来得及把自己关进隔间，哈珀便拉开了他的隔帘。他半个身子已经在睡袋里了，背靠在墙上，腿上的平板电脑亮着光。

“你回来了，”他说，“你忘了做什么？”

她想不到什么令人信服的事情，会让她花这么长时间。说出真相更容易些。“我没忘什么事。我只是……想要再听一会儿。”

他点了点头：“但你没事吧？”

“嗯，”她说，“就是累了。”她抓着自己的隔帘。“晚安。”她说，然后拉上帘子。

“晚安。”他小声咕哝，然后她听到他咔嗒一声关了灯。

她在黑暗中平躺了许久，睁着双眼，观察着自己隔间里的各种阴影。床尾堆着小山般凌乱的衣服，她今天穿过，明天还会继续穿。墙上是露西那张方方正正的照片。头顶上是深色球状的阅读灯。不一会儿，她睡着了，梦到自己乘着“旅行者三号”飞行，朝远离而非靠近家园的方向前进。她在梦中感到无忧无虑，感到安宁。她依偎在“旅行者号”的抛物面天线中，像一只困倦的猫咪那样蜷缩起来，望着外面的黑暗，意识到自己已经比预想中走得更远了。她知道自己已经抵达宇宙的尽头，因此快乐无比。

他们五个人在长桌上吃过早餐后，简要商量了下阶段的安排。在泰尔说起轨道计划时，苏利正在用吸管喝橙汁，她出了洋相，引来众人围观。泰尔说，他们经过火星时，可以跳上它的轨道，然后再跳下来，像是使用一条星际高速路一样，那时他们离火星本身也相对较近。泰尔继续解释火星轨道的复杂性，以及如何准确利用它的重力达到他们的目的，但在那之后，苏利就不清楚他在说什么了。她失神地思忖着泰尔脑袋后方那面柜子的质地，而后才意识到自己已经吸完了橙汁，但还在吮吸着吸管，发出不礼貌的声响。泰尔停止说话，看着她。她愣住了，停止吮吸，然后他继续说了下去。

“所以说，我知道我们远远看到火星已经有一阵子了，但如果你想看得更仔细，接下来几天会是理想时间。”

她再一次走神。哈珀接过话茬儿，在“以太号”越来越靠近地球的最后这段旅程中，给所有人安排了任务。苏利适时地点点头。终于解散之后，她直奔通信舱。她已经没时间补救木卫探测器的数据了，她想确保现在接收的数据能够正确记录并归档。哪怕她得出的结论、做出的假设依然没有听众，输入数据这种直接的劳动也能令她甚感安慰，有助于让她从未知的旅程中转移注意力。苏利工作了几个小时之后发觉自己很饿，她从昨天开始到现在都没吃东西。她想起前一天晚上塞进口袋的果皮，一边撕包装，一边编录遥测数据。

她在工作的时候想到了火星，想到它那多坑的红色地表、橘色的尘土，以及干涸的河床。她想起曾经的殖民地计划——几年前有个美国主导的太空任务，主要是进行地质勘查，同时也在搜寻潜在栖息地。在“以太号”出发前，一家私人太空旅行公司已经准备在火星上建造永久居留地了。据说只需要几年就能实现——但显然，现在已经太迟了。

能够这么近距离地看到这颗红色行星，让她很兴奋。两年前，他们出发时曾从远处看到火星，但时间短暂。那时他们关注的是其他事情——是富有吸引力的木星，尚未有人如此近距离地看过这颗星球。至于现在，火星的重要性主要在于它毗邻地球。它是他们抵达目的地前的最后一个路标：快到了。苏利又花了几个小时处理木星遥测数据，然后一边回忆着昨晚的梦，一边将接收频率改成与“旅行者三号”同步。她调拨信号时恰好听到一阵尖厉的哨声，接着便是一阵沉默。无论她怎么尝试，也无法倒回去——有的只是前一刻信号所在频率上的空正弦波。等她终于放弃时，已经很晚了。探测器的信号已经消失。也许是电源终于用尽，也许是其他东西发生了故障，使它的通信系统无法使用，抑或它已经漂流到他们无法企及的地方。也可能有一天，她会重新收到它的消息，现在或许是有东西挡住了信号传播——路上的一颗行星甚或是一颗小行星——但她不觉得是这样。她在通信舱内的寂静里飘浮了许久。最后，她祝福了“旅行者号”，与它就此诀别。

是时候把注意力集中到地球上来了——不是她离开时的那

个地球，而是她即将返回的那个地球。几个月以来的回忆和悲伤，她抛下与失去的人，这一切都太沉重了，她无法继续承受下去。她耽溺于回忆已经太久了。此时此刻，她终于允许自己朝前看。她没有感受到希望，至少现在还没有，但她已经为它腾出了地方。苏利调整波长，开始扫描频率：大多数时间是在收听，偶尔会发送信号，其他时间则搜索着一个又一个频段。扫描过特高频和甚高频的所有频率后，她又从头开始。外面一定还存在着什么。一定有。

## 十五

他们在小船里消磨了很多时间，在哈森湖上自在漂荡。奥古斯丁会把船划到离湖心小岛还有半程的地方，然后他们俩轮流抛线钓鱼。总是费不了太多时间就能钓上——湖里到处都是嘉鱼，它们会咬住丢进湖里的任何东西，而橙色的旋式诱饵实在太诱人，它们无法置之不理。他们会抓上一条，要是小的话就抓两条，切断脊髓并放血，然后划回岸边，在岸上剔除鱼内脏。艾莉丝抛线的本领越来越娴熟了，也越来越擅长处理割脊髓、清内脏等可怕的事了。她拒绝让奥吉杀鱼。

小野花生长繁茂，像五颜六色的毯子铺展在冻原上。当崭新的花丛从嫩草和松软的棕色土地里冒出来时，奥吉和艾莉丝开始探索离营地越来越远的地方，发掘盛夏时节陌生的丰饶。周围的山丘山脉中到处都是旅鼠、北极兔和各种鸟类。麝牛和驯鹿一直生活在冻原上，吃光了所有稀疏的小型自然植被，就像在豪华鸡尾酒会上吃餐前面包一样。有一次徒步旅行，奥吉在一块巨石上休息，而艾莉丝则继续前进。他正在欣赏沼泽里的虎耳草，一头驯鹿走近，小心翼翼地踏上去，用笨拙的嘴唇含住那些小黄花，从根部咬断花茎咀嚼起来，再信步走到其他地方享用更多的美味佳肴。奥吉可以看清它额头中央螺纹状的毛发，听清它牙齿咬合在一起的声音，闻到它喘息中的浓郁腐味。他从未这么近距离观看过一只野生动物，至少没这么近地看过活物。它如此巨大，高耸的鹿角比他还高，似乎没入了明亮的天空中，就像树木的枝干一样。

奥古斯丁经常会想起无线电控制室。他还没有进去。随着时间的推移，他开始寻找原因。他在回避什么？他很好奇那里有什么装备，他会听到什么，还是什么都听不到。除此之外的所有事情都太令人愉快了，已经淹没了他的好奇心。他不想扰乱湖边宁静的生活。他不知道自己会找到什么，也不知道能不能有所收获。他不想那么快就去冒险，失去他们苦心经营起来的崭新的幸福。只有这一次，奥古斯丁心甘情愿一无所知。然而，寻找另一个声音不是为了他自己。他自己的幸福于他而言已不再是最重要的了。

他们刚到这里时，他错误地以为自己的健康状况正在好转——湖泊的平静、相对暖和的温度、风的宁谧，这些都让他备感强健。但是，随着时间流逝，他渐渐明白自己剩下的日子少而又少。舒服并不意味着改善。这儿的生活很轻松，但他依然渐渐衰老。漫漫长夜还会回来，到那时，气温骤降，他的关节疼痛会像往常一样发起攻击，让他难以忍受。他的心脏会跳得更慢，头脑也不再这样灵敏。极夜似乎会永远持续下去。他希望今年是他人生的最后一年，但他也害怕如此。他已经老了，野花和微风不会让他再次年轻。他抬头望向艾莉丝，看到她从斜坡上滑下来，像只山羊一样从一块岩石跳到另一块岩石上。

“风景怎么样？”他问她。她没有回答，而是递给他一束仙女木，这是一种白色的小花，花朵中央是一簇缀满花粉的黄色花蕊。其中一些花已经凋谢，种子头上生出长长的白色茸毛，还有些仍然包裹着光洁的花苞，另外一些则像是老人家的细白胡须，已经被风吹落。他笑了。

“这些花看起来跟我很像？”他戳了戳一颗花种。艾莉丝认真地点点头，一副一本正经的样子。

“我觉得我可能看起来更糟糕。”他说着，摘了一朵枯萎的花，把它嵌在纽扣眼里。艾莉丝笑着表示同意，然后滑下斜坡。奥吉挣扎着起身，撑着光滑的巨石让自己站起来，却不小心将花压扁在石头上。他看着她一步步走回营地，双手捧起奄奄一息的垂死花束，跟了上去。是时候了。

他拿着咖啡，穿过遍布岩石的高原，来到无线电站门口。门很笨重，仅用双手无法打开，于是他把咖啡杯放在地上，吃力地用肩膀推开了门。在室内，他发现了自己所期望的东西：一个配备完善的无线电基站。有几处堆在一起的无线电组件，用于高频[1]、甚高频、特高频的各种收发器，两副耳机，扬声器，桌面麦克风，角落里还有一台泛着光泽的发电机。这个基站很完善，就等着操作员呢。巴伯天文台的不便之处在于依赖卫星通信，无线电只是作为辅助工具或是用于本地通信，但这里的设备是专为无线电通信而建的。他注意到桌上有一部卫星电话，旁边还有几台便携式对讲机。

奥吉先打开发电机，让它运行几分钟，确认所有设备都已连上电源后，再把设备一一打开。橙色和绿色的显示灯闪烁着。一阵低微平缓的静电声从扬声器中传来，仿佛里面藏了一窝蜜蜂。桌子底下藏着一些生存装备，有瓶装水、紧急口粮和两个睡袋。他意识到，作为这片营地最坚固的建筑，这里想必也曾被当成紧急避难所。尽管那三顶帐篷经久耐用，已经能够一年又一年抵挡北极的深冬，但毕竟它们并非坚不可摧。对于在此居住的人，北极向来不会心慈手软。

摆弄了一会儿后，奥古斯丁插上耳机，打开开关，开始扫描频率。**从头开始**，他心想。但这里与天文台不太一样——比起巴伯基地，外面的天线阵列能让他的声音传得更远，他也能听到更远处的回应。他满意地摸了摸其中一台收发器，用拇指擦去发光的绿色显示屏上的积尘。他打开麦克风，满心期待地将下巴靠上

1 高频（High Frequency，HF），波长范围 10m~100m，频率范围 3MHz~30MHz 的电磁波。

去，选择了一个甚高频的业余频段，开始传输信号。他一边扫描着频率，一边一遍又一遍地说着 CQ、CQ、CQ。毫无反应——但那时，他也没期待会有回应。他继续传输信号，从甚高频上调到特高频，再下调到高频，然后重新开始。后来，艾莉丝出现在门口。他之前把门开着，好让夏日的空气透进来。她向他摇了摇钓竿。他看看她，再看看这些设备，又抬头望向她。

“你是对的，”他说，“我们船上见。”

她从门口离开。门缝后露出了细长的湖面、山峦和天空。他挨个儿关闭所有设备，最后关了发电机，然后摘下挂在脖子上的耳机，卷起耳机线。他关上身后的门，让眼睛适应了一下倒映在湖面上的强烈日光。

艾莉丝坐在翻倒的船上，用钓竿尾部敲击出爵士乐的节奏。

“喂。”他喊了一声。艾莉丝跳了下来。

他们合力把船翻过来，把它推进浅滩。经过那么多次钓鱼之旅后，这已经得心应手，不费吹灰之力了。奥吉取来桨和网兜，二人一起把船推离湖岸。他们在湖面上漂了几分钟。他闭上双眼，聆听湖水拍打岸边和船身的声响，感受着子夜太阳在他脸上留下的灼热感。当他睁开双眼，艾莉丝正把双腿搭在船身一侧，脚尖抵着湖面，在水上留下一道道清浅的波痕。他把桨伸进光滑平静的湖面，开始划船。

夏天来得快，走得似乎更快。暖意从山谷中渗漏出去，冷锋悄然袭来，给娇弱的野花带来寒意，也让哈森湖泥泞的湖岸结上了晶莹的冰霜。奥古斯丁继续坐在阿迪朗达克椅上，看着时间的推移、太阳的起落，只不过他现在又用羊毛衣物将自己层层裹了起来。寒意重新钻进他的骨头里、关节里、牙齿里。他不再离开营地。艾莉丝独自在冻原上和山脉间四处漫步。他们依然一起钓鱼，将小船尽量划到湖面未结冻的地方。但对他而言，在冰冷的空气中划船已经越来越难。时间一周周过去，霜冻也越来越重。他心想，**时日无多了**。

在无线电站，奥古斯丁继续每天扫描一次无线电频段，但总是毫无回应，是彻彻底底与世隔绝了。他收听信号只是想要工作，想要有目的。日子一天天过去，天气越来越冷。从椅子上起身、来到这里再走回去，已经从愉快的散步升级为一种挑战。奥吉为这短暂的步行积聚力量，不愿意放弃。他无法再划船了，哪怕只是一小段路。最后，湖边也结上了一层薄薄的冰。**果不其然啊**，他心想。不久之后，太阳终于落到了地平线处，才刚沉下去又爬了上来。日出和日落反复交替的景象甚是壮观，持续了好几个小时。山峦沉浸在如火的橘色光芒中，天空中铺满紫罗兰色的云彩，不久光芒暗淡下去，天空重现鲜明的蓝色。一天的结束和一天的开始，这些时刻紧紧衔接成连续的事件，成为时间流逝的惯常标志。

哈森湖结过一次冰，然后融化了，后来又结了一次。一天下午，太阳落到群山背后，在那里躲了一小会儿。这时下起一阵寒冷的毛毛雨。黄昏冷冽，毛毛雨逐渐变成坚硬的冻雨，而后又化作柔软绵密的雪花，慢慢飘落，覆盖了棕色的土地。雨刚下的时候，奥吉离开了椅子，等冻雨变成降雪后，他又重新坐了回去。艾莉丝陪着他，坐在他用包装箱做成的小垫脚凳上。他们一起看着地面被一片雪毯埋没，直至消失不见。几个小时后，太阳照亮山峦，刚被积雪覆盖的山顶沐浴在炽烈的光亮中；等太阳越爬越高，整片冻原都被一片雪白的火焰吞没，散发出刺眼的光芒。北极的夜又回来了，它又穿上了那件熟悉的衣裳，接下来好几个月都不会脱下。

星星也回来了。一天晚上，浸染在缤纷色彩里的山脉逐渐变暗，在寂静深蓝的天空下暗淡成一片黑色的峰影，奥吉走向结冰的湖面，试探冰的厚度。他用一只靴子踩了踩，见能支撑得住，便小心翼翼地走了几步，又踩了踩，最后重重地跺了一下。冰已经很结实了，可以支撑住他了。他走回岸边，朝无线电站走去。在星光的照耀下，他留意到雪地里有一串新的足印，从一个山丘向下一直延伸到湖边后消失。足印巨大，间距也宽，印记周围是一圈长爪的凹痕：这是北极熊的足印。这里竟然有北极熊？他很惊讶，忘了无线电站的事情，折回来沿着足印走向岸边，它们消失在了冰面上。他弯下腰，检查北极熊穿过冰湖时爪子抓进冰面留下的浅浅划痕。也许它是在前往峡湾的路上，他想。又或许它是迷路了。他耸了耸肩膀，转过身，继续朝无线电站走去。

他将耳机戴上，然后开始扫描频率，在煤油灯时明时灭的柔和光线下调整控制按钮。静电声令人感到舒缓——它掩盖了北极的万籁俱寂，这是一种显得不够自然的极致沉默。湖水已不再拍打湖岸，空气也已静止，鸟儿也都飞走了。深冬的寂寥已经降临。那对燕鸥离开了它们的美丽巢穴，向南飞往南极；麝牛和驯鹿回到了茫茫冻原上。时不时地，一阵悠长而颤抖的狼嚎声会刺破宁静，但除此以外，哈森湖被一片无边的静谧包裹着。无线电波的白噪声是一种安慰，是打破孤独的温柔回响。他将接收器设置为自动扫描，然后闭上眼睛，任由思绪漂流。听到那声音时，他已经睡着了：一个声音穿过鼓膜，进入他的梦中。他猛地坐直身子，将耳机紧紧按在耳朵上。这声音太微弱了，奥吉不确定自己真的听到了。可是，不对，又出现了——不是单词，而是被静电声拆解的音节。他努力辨别对方的话语，把麦克风拉过来，一时间不确定该如何回复。他兴奋不已，忘记用 Q 简语[1]回应，但没有关系，反正联邦通信委员会[2]也不会监听了。

“你好？”他说道，意识到自己几乎是喊出这句话的。他等待着，紧张地期待着回应。然而没有声音。他又试了一次，再试了一次，终于，在第三次尝试时，他听到了。是一个女人的声音，清脆如钟声。

1 无线电通用的三字母代码，因开头字母均为“Q”而得名，常用于业余无线电通信。

2 联邦通信委员会（Federal Communications Commission，FCC），1934 年创立，由美国国会领导，负责管控非政府机构的无线电使用情况。

## 十六

火星已经在他们身后了，地球那个暗淡蓝点一天天变大。他们开始在穹顶度过空闲时间，看着大气层随他们日益靠近而变得更加清晰——所有人都这样，除了苏利。她会在通信舱内待很长时间。他们离家越来越近了，她将精力分配在跟踪木卫探测器和收听地球信号这两件事上，几乎不跟其他人交流。她通常在模拟太阳初升之际便早早溜出离心舱，晚上回来时，其他人往往已经待在自己的隔间里了。到目前为止，什么也没有收到。没有游离的有限新闻广播信号，也没有美国 Top 40 单曲排行榜[1]，但她一直都在收听。他们离得越近，天线就越有可能捕捉到信号。在发

1 美国最权威的流行音乐榜单之一，由 20 世纪 70 年代创办至今的一档音乐广播节目评选得出。

生灾难时，业余无线电操作人员总是通过无线电波首先获得消息。她心想，他们之间一定会有交谈。一定有。目前尚无理论能阐释这样的沉默，也找不出任何理由。但他们渐渐接受了这样的现实。

他们已经足够接近了，能够看到月球环绕着他们的蓝色小星球。苏利终于失去了艾奥探测器的信号。这并不意外——这颗卫星离木星最近，上面的状况却并不乐观，这个探测器的寿命已经比预期的更为长久。它获得了超出预期的成就，发送回来无与伦比的数据，然而苏利还是因这沉默而感到悲伤。在宇宙中能搜到的只有这么一点信号，先是“旅行者号”，然后是艾奥探测器，与它们一个个失去联系，这使她感到更为迷失。能够依靠的东西竟那样稀少。宇宙是个荒凉的不毛之地，她感到世事无常，觉得脆弱而孤独。他们之间的薄弱联系，以及他们对安全、陪伴、情谊的幻想都在消失。根据艾奥探测器最后一次的传输信号判断，它应该是落进了火山区域，偏离了他们先前将其安置的地方，也就是二氧化硫冰层。最后的温度读数表明，它已经沉入了岩浆——美国国家航空航天局尚未设计出能够在那种环境生存下来的东西。

晚上，苏利离开通信舱，沿着走廊飘向穹顶。至少他们就快到家了。不管等待他们的是什么，能够透过厚重的玻璃看到他们的小星球，看到那银色的月球像一颗懒洋洋的弹珠一样绕着地球旋转，总归是好的。当她抵达时，泰尔和伊万诺夫正并肩望着窗外的景色。他们给她腾出地方。三个人就这么飘着，悬浮在宇宙中，望着那个他们曾经生活过的小点越来越靠近。在地表附近，有一个几乎无法辨认的亮点，出现后即刻又消失了，伊万诺夫立马指向那个亮点刚刚出现的地方。

“你们看到了吗？”伊万诺夫说道，“就在那儿——我觉得那是国际空间站，一定是的。”

还没等伊万诺夫举起手，那点光亮就在地球边缘处消失了。泰尔耸了耸肩，若有所思地捻着胡须。

“可能是吧。”泰尔说。

“可能是吧？”伊万诺夫喷出唾沫。两点愤愤不平的唾沫星子逃离他的嘴唇，悬在他面前。“不然还能是什么呢？”

泰尔再次耸肩。“我不晓得咧，”他说，“也许是一颗卫星。或是哈勃望远镜，太空垃圾。有太多可能。”

伊万诺夫摇摇头：“不可能。那些都太大了。”

苏利看到泰尔把手搭在伊万诺夫的肩上，便准备离开穹顶。她对当裁判没什么兴趣。“你可能是对的，”泰尔不情愿地承认，“我的意思是——我们等它转回来再看，行吧？”

伊万诺夫点点头。他们继续守着夜色，遥望越来越近的地球。看到他们这样相互妥协，苏利感到惊讶，又有点高兴——在这片亘久的孤独中，这是一种全新的联结。她悄悄离开穹顶。他们都没注意到她走了。

当她回到通信舱时，哈珀正在那里等她。她觉得自己被埋伏了。她认为那里是她的私人空间，哈珀的不期而至令她恼怒，但她尽力掩藏这种感受。她离开时把遥测数据留在了主屏幕上，他指了指艾奥最后一次信号传送的数据。

“艾奥终于寿终正寝了，是吗？死于火山之手？”

苏利点点头：“是啊，昨天弃我而去了。”

“要休息一下吗？吃点东西？玩几把牌？”

“不了，”她说，“我还有事情要做，我刚刚休息过了。谢谢。”

“我知道了。我只是有一段时间没有见到你，想问问你怎么样了。”哈珀一脸真诚，神情恳切，诚挚地邀请她倾诉与发泄。他想让她跟他说话，但不知怎的，这令她感到生气。她不想表现得没礼貌或不友善，但她不知该如何回应，这问题本身就令她厌烦。她怎么样了？他们所有人怎么样了呢？他们身在不可思议的处境中，想尽一切办法度过每一时刻，并尽力保持完整的自我：盯着地球，收听地球上的信号，玩游戏时也想着地球。

沉默持续着。最后，她说：“基于所有显而易见的原因，我的心情有点糟糕，但我觉得你知道这点。除此之外，我没事。”

“好吧，好吧。”突然之间，他似乎不确信起来，仿佛脑海中排练的脚本不再适用于当前的谈话。“我只是很想见你。但是，你懂的，慢慢来吧。也许晚饭时我们能见到你。”他推了自己一把，经过她身边，离开了通信舱。她的一台机器发出啁啾声，显示有一条遥测数据进来。其余机器继续轻柔地嗡嗡作响——除了空荡荡的正弦波，其他一无所有。

苏利望着哈珀离开的背影，立即心生歉意。她非得这么粗鲁、这么冷漠吗？为什么不说出自己的感受呢？她感到羞愧，也很生气——他打扰到她了，在她心口搅起意想不到的情感旋涡。

她卷入记忆，回想起黛维、露西、杰克，甚至还有她的母亲，琼。她以不同的方式失去了他们所有人。她飘浮在通信舱内，每想起一次痛失所爱的经历，心头的旋涡便加剧一分，直到她分不清哪些是旧的回忆，哪些又是新的。她深深地呼吸了几次。她想象着地球，想象它那朦胧的蓝色轮廓、崎岖的地形以及一缕缕云彩，但这并没有让她感到安慰。她想起哈珀、底比斯、泰尔和伊万诺夫，总归还有更多的人要离她而去。她努力让自己保持平静，稳住飘动着的身体，但是没有重力她很难保持静止。肩膀撞到了一个扬声器，臀部蹭到一面屏幕，她越是努力保持静止，就越是飘来飘去。她对抗的是一种缺失，而非一种存在，这突然令她心寒。哪边是向上？地板变成了天花板，她顿时感觉自己整个任务、整个人生一直遵循的理智就这样折断了。勤奋工作和聪明才智无法保证她的安全——她不能预先做任何事情，没有任何努力、远见和技巧可以阻止这一切发生。整个宇宙中没有任何东西能够保证他们的安全。她觉得自己的心态变得黑暗起来。她又看到一个宇航员飘入黑暗，只不过，这一次在太空服内的是她自己——尖叫着，乞求着，颤抖着，无法呼吸。

此前，苏利只有过一次恐慌发作，那是在继父打电话告诉她琼去世的时候。苏利从未放弃过希望，希望有一天她们能够回到彼此身边，能够再次回到沙漠看星星，只有她们两个人。

琼会像从前那样叫她“小熊宝贝”，她们会欣赏月球上发光的环形山、猎户座星云的旋涡，以及星光朦胧的银河。她们会和好如初。她们会行驶在布满沙子的道路上，然后原谅彼此。但接到那个电话之后，自她还是个小姑娘以来的所有幻想都灰飞烟灭。当她在莫哈维沙漠和不列颠哥伦比亚省之间的某个地方时，母亲就已经离她而去了，但她仍一直怀抱希望。有时候，那希望似乎就在转角，但最终，一切都太迟了，再也无可挽回了。这份失去太过沉重，她一下子无法承受。

那是在她第一套真正意义上的公寓里，位于圣克鲁斯[1]。她记得自己把手机放在厨台上，看着台面上银灰色的斑点纹理，背靠着冰箱慢慢滑下去，双腿瘫软。她记得自己在那里待了很久，哭得哽哽咽咽，不明白自己怎么还能保持清醒，还能继续活着。第二天早上醒来时，她的脸颊紧贴瓷砖地面。她一连几个小时盯着橙粉色瓷砖间隙的水泥灌浆，想着要是她在脑海里牢记那图案，不想其他任何事情，她就能过完这一天了。

她重新想起瓷砖的图案，任它占据全部的思绪：一块块饰以白边的粉色菱形瓷砖。她想起自己最后终于从地板上站起来，走向后门，打开它。她坐在通向小院的门阶上，抬头望着天空，望着那个清澈的蓝色圆顶。她曾经找到方法克服过。她可以再试一次。

那晚，当苏利回到“微型地球”时，肾上腺素激起的情感洪

1　加利福尼亚州中北部沿海城市。

流已经消退，折磨人的空虚感开始渗进她松软的肌肉。哈珀还没睡，正坐在长桌前独自玩牌。他没有向她打招呼，她也想不到什么能说的。她准备上床休息。爬进隔间后，她犹豫了一下，没拉隔帘，赤脚踩在地板上。

“之前的事，我很抱歉。”她说话时并未望着他。她听到扑克牌被放下的声音。

“别在意。”他说道，但那不是她从他口中惯常听到的语气。那声音很疏远，他像是在对一台电脑发出指令，而不像是在跟一个人说话。她知道自己伤害了他——知道这是对她的惩罚。她正在失去眼前这个男人。

“嗯，好的。晚安。”她一边说，一边等着。他没有回答。过了一会儿，她拉上隔帘，躺了下来。若还有残留的泪水，她应该会哭的，但她的眼睛只是干燥发红。她关了阅读灯。

“晚安。”他终于说了一句，声音又像是从前的那个他了。

她把冰凉的手掌放在跳动着的滚烫眼皮上。她应该会笑的，可她连笑容也不剩了。

地球看起来跟他们离开时一模一样——没有积尘笼罩大气层、覆盖大陆，地表也没有滚滚烟雾。它像是炎热的黑色沙漠中一块巨大的球形绿洲。直到靠近地球轨道后，苏利才意识到有什么不对劲。当他们面对地球的夜半球时，面对的是彻底的黑暗——没有被照亮的城市，也没有铺展开来的点点灯光。自木星任务开始前、接收器失联后，那股令人毛骨悚然的恐惧一直在放大。所有城市里的所有灯火，全都熄灭了。这怎么可能呢？

她不断扫描无线电频率，不断收听信号，希望能听到一些声音，表明地球上尚有幸存者。她开始趁其他宇航员听不到的时候传输信号。她所传输的内容不算很专业。她是在祷告——不是对着上帝祷告，她一向不喜欢那声音，而是对着宇宙或地球本身。**拜托了，拜托了，一个声音也好。一个答案也好。任何人都行，任何东西都好**。然而，什么也没有。有的只是那颗被太空垃圾、报废卫星和国际空间站环绕的黑暗死寂的星球。他们离地球越来越近了，但还是毫无回应。

直到他们经过月亮，她才终于听到那个声音。格林尼治标准时间的一大清早，她对着麦克风喃喃自语，自己都没有意识到。这些天，她只能自言自语。然后，她听到了那个声音：如此微弱，如此扭曲，以至于她以为只是传进接收器里的大气干扰。她再次传输信号，小心翼翼地说了声：“你好。”当那个声音回复她时，她差点儿尖叫起来。她觉得自己一定是疯了，是出现幻觉了。就像一天又一天参加一场她不相信的降神会，久而久之终于感觉到的确有什么东西存在着。但是，不对，那声音又出现了，这一次更加清晰，是一个男人的声音，一个沙哑老迈、经久未用的声音。然而，那是一个声音啊，是与她联络的人啊。她把麦克风移向唇边，按下“传输”按钮，开始与他交流。

## 十七

在信号切断前，他们的通话在大气干扰下持续了不到两分钟，在这短暂的交流中，奥古斯丁了解到很多东西。信号另一端的女人告诉他，她在一艘名为“以太号”的宇宙飞船上。他记得那是一项雄心勃勃的深空探索计划。好多年前，还没来北极时，他就听说正在地球轨道上建造这艘飞船。她告诉他，他们正在飞回地球，离地球只有不到二十万英里了，但一年多以前，他们跟地面指挥中心失去了联系。自那时起，他们靠无线电联系上的只有他一个人。

奥吉告诉她，他在北纬 81° 加拿大北极群岛上的一座研究基地，他在这里已经有一段时间了，除了这片被冰雪覆盖的岛屿，他对外部世界的情况知之甚少。他告诉她，之前谣传外面在打仗，而后是人员大撤离，他放弃了撤离机会，选择留在这里，再然后便一无所知了。有的只是无尽的沉默和孤绝。他想向她倾诉一切感受：离开天文台，穿越茫茫冻原的感受；在湖边安个新家的感受；杀死一头狼，再把它埋进雪里的感受；照料艾莉丝，给她做饭，教她钓鱼，替她担忧，因爱而困扰的感受；看着积雪冰块消融，沐浴在极昼的日光里，再看着它一点一点溜走的感受。他想向她倾诉这些感受——这些扑面而来的、令人不安的、值得称道的感受，它们不总是好的，通常很糟糕，但总是如此生动而迫切，于他而言如此新鲜。

他有太多话想说了。他想问问她的旅程如何，想听听生活在群星之间而不是仰望它们是什么感受。他想问问，在遥远的高处看到的地球是何模样，她离开多久了——但通信断断续续的，最后中断了。考虑到信号经过的距离、地球的转动以及大气层的波动，这并不令人意外。他保存了这个频率，打算一直监控它，不论花多长时间，也要重新连接上。

在接下来的十二个小时里，他只离开过无线电站一次：回帐篷给自己泡了一壶浓糖咖啡。他回来时，艾莉丝正躺在一张野营床上看书，奥古斯丁告诉她发生的一切——有关那个女人，以及一艘载满宇航员的飞船，但她似乎并不关心。他想让她陪他一起回无线电站，但她拒绝了，继续读书。她看起来很替他开心，但对事情的进展却完全不感兴趣。他怀疑她并不了解这件事情的意义。他耸耸肩膀，蹒跚地踱回那幢小建筑。他手里提着热水壶，试图搞明白对于有机会听到除他以外的声音、跟一个不在这个星球上的女人交谈，为何艾莉丝没有欢呼雀跃呢。

他重新坐回设备前，把接收器调至正确的波长，竖起耳朵收听白噪声中是否藏着任何异常声响。他靠在椅背上，尽力保持清醒。

他从模糊的梦境中醒来，意识到自己身处寒冷的无线电站，过了一会儿才明白自己又听到了她的声音。他猛地坐直，慌乱地握住麦克风，任空热水瓶倒在地板上。

“我在，”他说，“KB1ZFI 确认收到。”他按下“传输”按钮，按了一两秒钟甚至更久的时间，不晓得从哪儿开始说起——要问什么，要说什么。他告诉自己要有耐心，等她回应。“完毕。”

片刻之后，一个男人的声音从耳机里传来，声音因信号的长途穿行显得低沉沙哑，断断续续。

“KB1ZFI，我是‘以太号’的指挥官，戈登·哈珀。能跟你说上话，我们别提有多高兴了。我现在和苏利文专家在一起，你已经认识她了。苏利跟我说，对于当前的局面，你跟我们一样一无所知。收到了吗？”

“收到，”奥吉说，“很高兴和你通话，欢迎回家。很抱歉，现在的情况算不上好。实际上，我已经很久很久没有从无线电上听到任何声音了。自人员撤离后，到目前为止已经一年多了。考虑到你们的高空视角，我猜你们知道的要比我多。

完毕。”

中间有一段漫长的停顿，奥吉担心他们又失联了，不过指挥官再次开口。

“要定论还太早。但我们会尽力跟你保持联络。你自己怎么样？完毕。”

“我相当好。这些研究基地储备充足。我不知道外面是否发生了核战争，化学战争，还是其他什么。但无论发生了什么，这片区域几乎没有受到任何影响。野生动物健健康康的，没有辐射中毒的迹象。完毕。”

奥吉想知道他们是否会重新进入地球大气层。如果他们可以，也确实这么做了，他们会发现什么？除了他的冰冻居所外，还有其他什么吗？地球的其他地区看起来如何？他不晓得怎么问出口。他们离得还很远。侥幸生存了这么多个月后，他突然异常好奇，迫切地想要了解所有的事情。这次的停顿时间更长了，他想象着他们可能进行的对话。

“KB1ZFI，我是苏利文，我想我们可能要断——”然后，他们消失了。

“等着！”他朝那片无人回应的虚空大声喊道。

奥古斯丁看到了最后一抹日光。秋天正式来临。极夜已经开始，气温降得极低。又到了冬眠的时候，到了不得不待在主帐篷里，让油炉一直燃烧取暖的时候了。往无线电站去的短暂路程对他而言越来越困难，他感觉自己的健康状况一落千丈，在零下气温中呼吸也让他的肺部生疼。他越是勉强自己，呼吸就越艰难，也病得更厉害。

即便如此，他依然守着夜，尽可能地等在无线电设备前。当他等在小小的无线电站的麦克风前，他断断续续地做着梦。随着时间的流逝，梦境变得越来越生动，直到他再也无法区分睡眠和清醒之间的界限。他发着烧，热度使他静脉内血液沸腾，让他保持温暖。终于，不知道过了多久，几个小时或者几天，他又听到了那个女人的声音，他挣扎着醒过来。

“KB1ZFI，”她一遍又一遍地说，“KB1ZFI，KB1ZFI。”直到他终于可以起身，找到麦克风。

“收到，”他说，“KB1ZFI 回复。”

“我还以为跟你失联了。”她松了口气。

“还不至于，”他回答道，声音沙哑，喉咙里充满了痰液，“叫我奥古斯丁吧。”他松开“传输”按钮，猛烈地咳嗽起来，胸口震响。他不知道自己还能活多久。

“好的，奥古斯丁。我是苏利。今天只有我。跟我讲讲天空吧，”她说，“或者动物。天哪，跟我说说泥土也行。”

他笑了。她一定很久没见过这些东西了。

“嗯，”他开始说道，“这里的天空从早到晚都是黑的。我猜现在是十月末了。春天到来之前，这里都不会有阳光，只有星星。”

“确实是十月了。动物们呢？天气怎么样？”

“这些天已经很冷了，可能得有零下二三十华氏度了。鸟儿们大多已经飞走，但狼群还在，依旧嚎叫着，还有北极兔，在冰上到处蹦蹦跳跳的，就像那只戴着怀表的呆兔子[1]，你知道我在说什么吧。噢，对了，还有一头北极熊。这个季节它本不该来这么远的内陆，却出现在这里。我在雪地里看到了它的足印。告诉你个秘密，我觉得它一直都在跟踪我。”

“北极熊？跟踪你？听起来可不太妙。”

“不，不，没关系的，它是个好伙伴，只顾着自己。还有泥土，嗯，土壤已经冻住了。也没什么其他可说了。就等着过冬呢。你怎么样？”

“还可以，”她说，“我们现在在轨道上。如果可以的话，马上会跟国际空间站对接，然后着手重新进入大气层。”

“你的旅行呢？你看到了些什么？”

“木星。”她说道，声音听起来恋恋不舍，“火星。木星的卫星。各种星星。虚空。我不知道，很难全部描述出来。我们离开得太久了。奥古斯丁？我这边的信号马上就要断了，我们正在向南半球绕行。听着，你要照顾好自己，知道吗？我不知道接下来会发生什么。我希望能再跟你通话。我希望——”

她的信号消失了。奥吉关闭设备，挣扎着回到帐篷。他穿着衣服瘫倒在野营床上。过了几个小时，等炉子将他烘暖和后，他才恢复行动能力。等他勉力脱下靴子和派克大衣，一个念头滑

1　即《爱丽丝梦游仙境》开篇出现的那只兔子。

入脑海，又滑进潜意识，沉下去，浮上来，来来回回，直到他睡着。

~~~

高烧用利爪攫住了他。他清楚地梦到自己回到无线电站，有条不紊地打开发电机、收发器，可接着又意识到自己还躺在野营床上，无法移动。而后梦境又循环开始：他的意识会清醒过来，走进无线电站，而他的身体则躺在床上。偶尔真正清醒一阵，却痛苦而短暂。他发着烧，却浑身冰凉；一边冒着汗，一边又瑟瑟发抖。大多数时候，他徘徊在意识的边缘，梦到自己醒过来，梦到自己梦到醒过来。他的大脑被困在无穷无尽的潜意识中，从一层中清醒过来，又接连坠入其他层。

艾莉丝也在，但是在现实中，还是只在梦境里，他无法辨明。她在野营床上方看着他，眼神焦急。她把湿冷的布条放在他的额头上，把滚烫的热布条放在他的胸口。她唱歌给他听，远处的狼嚎声与之遥相呼应。有时他会将她误认作琼，有时则误认作他自己的母亲。

等他经过殊死搏斗，终于清醒过来，帐篷里漆黑又冰冷，电灯烧坏了，油炉也已经烧干。过了多久了？艾莉丝在哪儿？他聚起一小撮力量，走出帐篷，更换了油桶，在再次瘫倒之前重新点燃炉子。他喝了半加仑水，水很冷，让他又头疼起来。

他放下水壶，艾莉丝正好进门。她将背后的门闩好，取下一盏煤油灯的灯罩，划了一根火柴点燃灯芯，然后把灯罩放回去。
~~~

她调整好火光，把灯端到奥吉的床边，举着灯，让光在奥吉的身上照了一会儿，然后放在桌上。她把手掌放在他的额头上，在野营床边坐下，微笑起来。她一言不发，但眼睛却在说：**继续睡吧**。

## 十八

苏利匆忙回到“微型地球”，开始敲打每个卧铺隔间。她在黛维的隔间边缘敲了几次之后，才意识到那里已经空了，然后沿着“微型地球”的环形道匆匆跑向长桌。底比斯已经在那儿了，吃着水果干，一脸疑惑地看着她，其他人则迅速从隔间里出来。在头顶晨光达到最亮的同时，苏利向大家描述了那个联络人的事——这是他们与控制中心失联后联络到的第一个人。大家脸上困倦的恼意逐渐转变成兴奋。然而，等她说完整个故事，她的伙伴们看起来更疑惑而非更喜悦。

“就这样？”泰尔问，“其他的他什么也不知道？”

苏利耸耸肩：“我会继续监测无线电频率，希望能重新跟他联系上，但情况确实如此，他不太清楚发生了什么。他说自从一年前其他研究员撤离后，无线电就一直没有回应。”

“他们为什么要撤离？”

“我不知道——传闻是战争。但这就是他所知道的，传闻。”

“所以，这么说来，这个家伙就是地球上最后一个人喽？这就是我们得到的结论？”泰尔似乎愤愤不平。

“别开玩笑了。”伊万诺夫告诫他。

泰尔翻了翻白眼。“我倒希望我是在开玩笑，”他说，“想想吧。如果这个家伙这么久以来一直试图与外界联系，而从来都没有成功过，直到现在……我的意思是，如果发生了灾难性事件，最安全的地方在哪里？哪里受到的影响最小？当然是两极。正是他所在的地方。他可能就是唯一的幸存者。”

他们都沉默了一阵。哈珀用手指在头发里抓来抓去，一遍又一遍，仿佛以此刺激头皮，能让他产生新的想法，一个他不曾注意过的角度。他把双手放在膝上，叹了口气。

“我觉得我们并没有了解到什么新的内容。我们还是面临一大堆问题。苏利，再跟他通话试试吧，看看能问出点什么。另外，我希望检查一下对接密封装置。我觉得我们应该跟国际空间站对接，到时再想下一步。按计划重新进入大气层。没必要胡乱揣测，对吧？一次就做一件事。”

大家都点点头，哈珀跟着苏利回到通信舱。其他人也跟了上去，试图与地球上的最后一个人重新取得联络——静电声持续了几个小时，苏利一遍又一遍地反复呼叫他。几个小时后，他们终于收到了回应。

第二次谈话比第一次的更没有新意。哈珀、苏利和底比斯挤在通信舱，伊万诺夫和泰尔则飘浮在走廊上。信号并未持续太久便断开了，他们五个人变得更为沮丧。之后，他们一行飘到观测台，透过那里的玻璃穹顶，他们能看到旋转着的地球。最后，也没太多可讨论的——信号那端的男人已经把自己知之甚少的一切都告诉他们了，但这并未阻止他们反复推敲这些有限的事实。他们会和国际空间站对接，然后再解决重返地球的难题。他们不可能永远在轨道上绕行，但没有地面团队在哈萨克斯坦的沙漠迎接他们，事情会变得复杂难料。其他人还在议论纷纷，苏利则回到了通信舱。

她尝试与北极重新建立联系，但是失败了。很明显，这个男人没有他们想知道的信息，无法帮他们解释现状。不过她还有其他事情想问他。她想了解与地球有关的细枝末节：日落、天气、动物。她想重温生活在大气层下、被温和的日光笼罩的感受，重温被地球拥入怀中的感受，重温赤足踩在泥土、岩石和草地上的感受。这个季节下的第一场雪、海洋的味道、松影的轮廓。她无比想念这一切，这是她内心的缺失，像一个黑洞般要把她的五脏六腑吸进虚空。所以，她等待着。无须再扫描了。无线电频率已经被锁定，现在她需要关注的只是层层叠叠的大气层、天线摆放的角度、地球的转动以及下面那个无线电操作员的警觉性了。她好奇这一切的真实性——她是否真的找到了地球上唯一的幸存者。

接下来几天，“以太号”抵达了地球的轨道。苏利没能再次联络上北极的幸存者。她无法像期待中的那样一直守夜。绕地飞行后，他们分配了各自的工作任务，跟这个男人继续通话的实际意义已经不大。其他宇航员都在关注更为要紧的事情。“以太号”自始至终的安排都是与国际空间站对接——整艘飞船也是为最终成为空间站的一部分而设计的——所以，从这方面而言，他们仍处于任务范围内，执行着几年前就定下的计划。但是，没有国际空间站内其他宇航员的协调，对接程序变得困难重重，充满着不确定性。

当他们逐渐靠近国际空间站时，苏利终于又找到了那个男人。他也非常高兴有机会跟她交谈，谈论任何事情都令他开心。他向她介绍北极，介绍极夜和冻原上的事情。当他提起北极熊的足印时，她在他身上辨认出一些东西：一种根深蒂固的孤独。仿佛即便是现在，已经到了世界末日，他也无法大声说出口，其实他很孤独。他十分渴望与人建立联结，却不知该怎么做；他发现了一串足印，这个证明其他生命存在的最微弱的证据，竟被他视作一种陪伴。孤独不只来自境遇的隔绝，本身也是他的一部分，她怀疑他一向如此孤独。即使是在拥挤的房间，即使是在繁碌的城市，即使是在恋人的怀抱里，他也是孤独的。她能从他身上辨认出这种孤独，因为她也一样。

通话在她毫无准备的时候断了，她可能从未做好准备。她又在通信舱内待了许久。她关闭扬声器，听着飞船本身的嗡鸣声，以及她的队友们在控制舱内模糊的低声细语。那个男人，孤身在那里，跟踪北极熊，聆听狼群的嚎叫。他的声音低沉沙哑，她据此推测他已经上了年纪，而且他一个人在北极野外生存了这么久，应该是邋里邋遢的了，他可能留着长长的头发、蓬乱的胡子。她想象着他的眼睛，她觉得是碧蓝色的，如同被阳光照耀的冰层。起初，她还想象着去拯救他——在埃尔斯米尔岛降落“联盟号”返回舱，搜寻他孤零零的营地——但幻想仅限于此。如果是那样，他们将无法回到温暖的地区，而且极有可能在结冰的海洋或是冻原上着陆，怎样都寻不到他。不行，“联盟号”返回舱应该着陆在更合适的地方，在宇航员们更有希望活下去的地方。这个地球上唯一的幸存者将继续受困原处，而她永远也无法确切地知道他的模样了。他将始终是个只闻其声、不见其人的存在，是一个游荡在电波频谱中的流浪者。他将孤独离世。

她听见泰尔在控制舱内兴奋地喊叫——他们已经看到国际空间站了。她用连身衣的袖子擦干眼睛，用手背擦了擦鼻子。深深呼吸了几下，动了动下巴，活动了一下因悲伤而僵硬的脸部肌肉。看到国际空间站是个好消息。她试着微笑，对着收发器外壳上的银色倒影检查自己的笑容。很不错。她将自己推出通信舱，经过走廊，到达控制舱，半路上遇到了从离心舱过来的底比斯。

“你准备好了吗？”他问。

“准备好干吗？”

“准备好回家。”

他们一起飘浮到控制舱，伊万诺夫和泰尔已经等在那里。泰尔的对接控制程序已经准备就绪。伊万诺夫在穹顶飘着，透过窗户看着越来越近的空间站，泰尔则在对接摄像头里盯着越来越近的对接舷门。银色迷宫般的太阳能阵列在空间站中央铺展开来，像是硕大而闪亮的翅膀。地球上亮丽的蓝色海洋，夹杂着起起伏伏的白色碎浪和丝丝缕缕的云彩，在空间站下方移动着。

“我心里没底。”她低声对底比斯说，但他没有听到。过了一会儿，哈珀走了进来。他们五个人看着两艘飞船缓慢靠近、对准，然后奇迹般地连接成一体，仿若一个在空荡荡的天堂中漂泊的银色天使。

## 十九

奥古斯丁挣扎着坐起来。煤油灯的火焰微弱地燃着，灯芯在玻璃罩内闪闪烁烁。帐篷内似乎没人，但因为光线很暗，所以他不确定。

“艾莉丝，”他喊道，而后又叫了一声，“艾莉丝。”

他只听得到屋外柔风低吟，吹紧了篷布，油炉嗞嗞地烧着，煤油灯芯噼啪作响。他试着计算上次跟那个在“以太号”飞船上的女人交谈后已经过了多久——是昨天吗？前天？还是大前天？陷入迷蒙的半睡半醒状态后，他无法辨明时间的流逝。他还想跟她说话。他想了解更多——关于她的母亲和父亲，她是怎么长大的，又是在哪里长大的，她是否已经成家，有没有孩子。他想知道她为什么选择当宇航员，是什么让她决定抛下一切去承受太空中的孤独。他想跟她说说他的工作、他的成就，以及他的失败——他想忏悔自己犯下的错，希望能获得原谅。如今，在他生命的尽头，他想说的实在太多了，却没有一点力气说出口。每当他把头从枕头上抬起来时，都感觉天旋地转。

他把脚挪到地板上，身体伏在大腿上，双手捂着脑袋，等待视野里不再出现眼花缭乱的黑云，等着重新找回平衡。他闭上眼睛，直到不再晕眩，找到一丝平静。当他睁开双眼，艾莉丝就站在他眼前。自他生病以来，她就一直坐在那把椅子上，照料着发烧的他。她眨了眨眼，什么话也没说。

“你从哪里来的？”他问道，“你坐在那儿很久了吗？”

她点点头，继续看着他，美丽的脸庞上露出空洞的眼神。他努力理解这么久以来他所熟知的事情。他的脑袋因这样的思考而疼痛不堪。

“你为什么在这里？”他低声说。艾莉丝歪了歪脑袋，耸了耸肩，好像在说：“**你说呢？**”奥古斯丁用手腕揉揉眼窝，看着眼皮里跳跃的光影。他知道，如果他睁开双眼，那把椅子上将空空如也。他睁开眼睛，果然如此。

他已经多年不再想起索科罗的那个夜晚，竭尽所能再也不去想它。但此时此刻，在他衰竭的肺部发出阵阵沉重的呼吸声时，它又浮现了出来。那是在琼告诉他怀孕的消息，而他要求把孩子做掉之后不久。那晚，他突然拜访琼，她在他们共事的研究基地附近的小泥砖宾馆租了房间。夜已经深了，但她还是让他进了门。房间里到处都是书籍和崭新成沓的打印纸。她的毕业论文摞在餐桌上，紫色毡头笔没有盖上笔盖，拍纸簿摊开着，上面写满难以辨别的笔记，旁边是一杯茶。奥古斯丁跌跌撞撞地走到桌旁，倒在了椅子上。他喝醉了。茶不知怎的洒了出来，可能是他的胳膊肘不小心碰到了，或是动作幅度太大。茶渍渗进她的论文，紫色墨迹像沾了睫毛膏的泪水一般沿纸张晕开。琼没有生气，但她——怎么说呢？她很悲伤。她在他身旁坐下，把空茶杯摆正，扔了一块抹布在积水上。茶水流经桌子边缘，滴到了地板上。

“你为什么来这里？”她问他。他没有回答，只是盯着眼前被毁掉的纸张。她等待着。“奥吉，”她问，“你来这里做什么？”

然后，最可笑的事情发生了：他哭了起来。他起身去橱柜拿酒，希望她没有看到他的眼泪。她在那里放了威士忌和杜松子酒。他记得上个星期自己已经喝完了杜松子酒，所以拿了威士忌，在她的空茶杯里倒了两指高的酒。当他一口喝下时，她忽然双手掩面。他们俩都哭了。

“你想干什么？”她问。他突然明白自己不该出现。她是真的不想见到他——对她仅有的一丝同情瞬间消失了。

“我想试试看，”他含糊地说，“咱们试试看吧。”

她缓慢而坚定地摇摇头，把桌上的威士忌拿走，把酒瓶放回柜子里。

“我想补救。”他争辩道。

她看着他，在确认他看到她的眼睛后，她回答了他。

“不用，”她说，“你看看你自己的样子。”

她把他赶到门口，他照做了。门口有一张桌子，是用来放钥匙和信件的，上面摆着一盆用蓝绿色花盆栽种的小仙人掌。桌子上方挂着一面镜子，他看到了镜中的自己。五官松弛，仿佛皮肤失去了弹性；眼眶通红，角膜充血发黄；衬衫领子上沾有血迹，他不确定是谁的血，也不晓得是怎么沾上去的。镜中回望他的那个男人比他预想的要苍老，比他允许自己承认的更为崩溃、更加失落。大脑因为浸润在酒精里而迷迷糊糊的，像热浪一般环绕在镜中影像的周围。不知怎的，这迷糊没有限制他的视野，反而让他看清了更多。它使镜中的影像更为明显。他看到需要补救的是他自己，也悲痛地意识到自己对这项任务无能为力，甚至连尝试的信心都没有。他明白琼看到了什么，也明白她和他们尚未出世的孩子离开他会更好。

奥古斯丁从镜前转身，留下镜中那丝一闪而过的诚实——它太沉重了，他无法带走；它也太灼眼了，无法长久凝视。琼替他打开门。当他倒在门框上时，她领他走出门，然后轻柔而坚决地关上了他身后的门。他一个人站在门前的台阶上，背靠着门，仰望阴沉的天空。它漆黑一片，深不可测，也无动于衷。那里了无星辰，只有积云。这是他们最后一次说话。

奥古斯丁无比艰难地慢慢整理好衣着：围巾、帽子、大衣、靴子，最后是连指手套。帐篷里空空荡荡。拉拉链的声音、靴子踩踏的声音、派克大衣摩擦的声音，所有这些轻微的声响聚合在一起，奏出一曲不间断的交响曲。屋外，冷风依旧轻柔地沉吟着——那是艾莉丝的旋律。奥吉开门时就已呼吸困难，寒意更是几乎将他击倒。风从地上吹起冰晶，灌满了他的肺部。才走了几步，他呼出的大部分气息就冻结在胡须上。他聚拢气力，决心把悲伤，把所有这些都转化为向前迈步的动作——这是他最后一次爆发。无线电站在明亮的弦月下清晰可见，他跌跌撞撞，尽快朝它走去。

他不确定要怎么开口跟她说话，或是需要说些什么，但这些都不重要了。他只想听到她的声音，只想被她倾听。在经历了这么多事情以后，他只想拥有片刻的真诚。只需片刻即可。他走到一半，发现雪地里有一串足印，便停了下来。他一路看过去，足印延伸到湖边，他看到那儿有一座被积雪覆盖的小山丘，似乎与周围不大协调。他沿着足印走去。抵达那座小山丘时，他意识到这是那只一直跟着他的北极熊——跟了这么久，走了这么远。他一部分的自我在恐慌的驱使下想要逃跑，寻找掩护，但其余部分乃至大部分的自我却想要伸手触摸它。他小心翼翼地碰触北极熊，它轻轻地笑了起来。他绕着这头大型动物，走到它朝向湖面的鼻子跟前。它的脖子和肚子平伏在雪地上，爪子拢在身下。他脱下连指手套，又摸了摸它耸起来的肩胛骨。北极熊的皮毛上覆了一层薄薄的雪花，但他把手指伸进去，发现熊的皮肤散发着一股温热。

那头熊又笑了，但依旧一动不动。奥吉知道它快死了。它泛黄的皮毛在月光下看起来几乎是金色的。奥吉的双腿再也支撑不住，他瘫跪在北极熊身旁，手指继续深埋在它的皮毛中。他决定了，无线电站可以等等再去，现在这一刻——此时此刻，他已经寻觅良久，不可错过。冷风再起，卷起浮雪吹向天空，将无线电站和其他帐篷掩盖在一片白幕中，直到什么也不剩，只留下奥古斯丁和北极熊。

他想到了琼。他初次见到她是在研究所对面的停车场。她停下满是灰尘的“埃尔卡米诺”，从副驾驶座上把行李卸下来时，她那乌黑的头发散落在肩头。即使是在研究所门口，他都能看到她搽的口红，以及衬衫和牛仔裤之间露出的一小片皮肤。他想起自己第一次为她褪去衣衫，第一次看她熟睡的模样，好奇究竟是什么让她如此引人注目，如此富有魅力。这一点他一直没弄明白。他想起她寄来的照片。那张快照：那个孩子，那个小姑娘，他们的女儿。她安静地站着，双臂交叉在胸前，穿着一条淡黄色的连衣裙，没穿鞋子，黑色短发正好剪到下巴处，直直的刘海剪到眉毛上方。她的嘴微微张开，像是要说些什么似的，眼神桀骜不驯，浅褐色的眸子怒目而视。

北极熊呻吟着侧身倒下。奥吉走近它。他不再害怕了。他调整自己的姿势，贴着北极熊温暖的肚子，感觉到它的庞大臂膀环抱住他，满心平静。他不再是这片土地上的外来者，而是成为它的一部分。他感到北极熊在他头顶上方的灼热呼吸，于是贴得更紧了，将自己的脸从冷风里埋进它的皮毛中。在那里，他听到安静有力的心跳声，缓慢，深沉，平稳，有如阵阵鼓声。

# 二十

在国际空间站里，一切看起来就像其他宇航员刚外出了一会儿：机器仍在运作，吃了一半的食物包装袋飘浮在厨房区。唯一缺少的东西是“联盟号”返回舱——原本有三个，其中的两个已经不见了。相较于“以太号”上的设施，空间站里的装备显得老旧，但机组人员却对此很熟悉，毕竟他们所有人都曾在国际空间站生活过。苏利好奇地检查着空间站中的通信站，将这里的安静与“以太号”上的安静进行比对。两处通信站听到的是同样的信号，都是一无所获。她密切关注之前锁定的那个北极男人的无线电频率，但始终没有他的回应，最后她不得不继续扫描其他幸存者。她不确定能否再找到他。

“以太号”的成员搜寻了整个空间站，既没有找到留驻人员，也没有发现任何线索。他们在返回舱集合。最后一个舱体有三个座位。在他们之中，三个人将回到地球，两个人将留在国际空间站，永远绕着地球转动。这两种选择都前途未卜：没有陆上团队的接应，他们面对的是着陆在海洋或沙漠的致命可能性。下面的地球现状如何也未知。也许泥土、空气和水都被污染了，也许并没有。也许还有幸存者，也许已经没有了。在太空里，有限量的资源储备，但不确定能维持多久。没有哪一种选择是确定的，也没有哪一种是安全的。但大家还没准备好做出决定。他们挤在一起，讨论着对接程序、物资用品和设备设施——除了谁去谁留的问题，其他一切都谈。只要不是那个问题就行。

吃晚饭时，他们漫无目的地闲聊琐事，之后睡在了“以太号”上。在太阳系漫游两年后，他们终于快到家了。经过这两年，他们中的一些人将完成最后这段旅程，另一些则无法完成。所有的等待和磨人的不确定导向了这样一场令人难以置信却尚未说破的分别。苏利清醒地躺在自己的隔间，她猜想其他人也一样，权衡着各种选择，却一遍又一遍地得出同一个结论：无解。她辗转反侧，平躺着、趴着，把手臂放在枕头下面，放在身侧，又捂住脸。要睡着是不可能的了。她想起女儿，摸了摸固定在墙上的照片，那不过是黑暗中一个模糊的小方块，但她还是可以看到露西的脸颊、衣服和金灰色的波浪鬈发——她弯弯的微笑深深烙印在苏利的脑海中，仿若一座灯塔。

如果最糟糕的事情已经发生了呢？如果她的女儿已是飘浮于晴空的温热灰烬，甚或更可怕——已经成为一堆待归泥土的腐烂身躯了呢？她努力不去想这些事情，可是，是她放弃了整个家庭，她无法思考其他的事情。如果她能成为一个更好的母亲、更好的妻子、更好的人，那么现在躺在隔间里悔恨不已的就是其他人。她会留在加拿大，她一定不会申请这个太空计划或是去休斯敦。温哥华那扇树莓红色的大门依旧会为她而开，挂在炉子上的铜锅也依然是她的，而女儿的小衬衫也将继续由她负责折叠。不会有离婚，不会有分别，当她想要一张露西的近照时也不会找不到。苏利躺在黑暗中，这一幅本可以展开的生活图景看起来如此完美，却再也没有意义了。她不是为了过那样的生活而成长起来的。她从来都不是杰克想要的那种女人，也不是他需要的那种女人，她从来没有以正确的方式爱过露西——她甚至不确定什么才是正确的方式，只晓得其他母亲跟她做得不一样，而她似乎从来无法说正确的话、做正确的事或是成为那个守候在他们父女身边的正确的人。事实是，对她而言，拥有家庭甚至比失去它更难。总是少了些什么。也只有现在，经过了这么长的时间、隔了这么远的距离，她才渐渐明白到底少了什么：是温暖，是真诚。那些不曾有机会成长起来的东西，是这些缺失的根源。

“微型地球”现在看来很迷你，因为巨大的蓝色地球已经填

满了从穹顶望出去的空间。但他们在自己熟悉的离心舱、在这旋转的小世界里感到心安。他们熟悉这里，倒是地球家园在他们离开的这段时间里成了一个谜团。穿越未知之后，迎接他们的反而是更多的未知。他们吃着真空密封的燕麦粥，喝着热咖啡，气氛却是沉重的。是时候讨论一下返回事宜了。

“这事必须随机决定，”哈珀终于说，“抽签，抽吸管吧。类似这样的方式。我不晓得还能怎么做。”

其他人一致点头同意。

哈珀与每个人交换了一下眼神，判断他们是否支持这一想法，而后目光回到桌上。他舔了舔嘴唇，咽了下口水。苏利看着他的喉结缓慢地沉下去又升起来，仿佛这动作令他痛苦。“那好，”他说，“大家记住，谁都不知道下面等着我们的会是什么。我们甚至可能无法着陆，但是如果我们可以，谁说我们不能发射另一个‘联盟号’返回舱呢？那么，我觉得就抽吸管吧。这就开始吧。”

厨房里有一堆吸管。哈珀拿了五根，底比斯用多功能刀切短了其中两根。哈珀把吸管摊在桌上，然后握在手里。短吸管代表漂流太空的无期徒刑，长吸管代表前途未卜的降落。

“好了，”他继续说，“谁第一个来？”

过了一会儿，泰尔屏住呼吸，隔着桌子从哈珀手里抽了一根，当他看到是长的之后，舒了一口气，把吸管放在自己面前。泰尔的右侧是底比斯，他是下一个，也抽了一根长吸管，他用一种难以置信的表情盯着吸管。伊万诺夫挑了一根，是短的。其他人不由自主地倒抽一口凉气，紧张起来，等着他的反应，但经过长时间的沉默后，他笑了。阴郁的伊万诺夫，笑了起来，像是一座大理石雕像突然变换了姿势。

“没关系，”他说，“我觉得我自由了。”

底比斯用自己宽大的手掌拍了拍伊万诺夫的肩。哈珀又咽了一下口水，把手上剩余的两根吸管转向苏利。她抽了一根，是短的。

抽签后，他们花了两天时间安排返回事宜。泰尔需要时间来弄明白舱体的运行轨迹、进入大气层的角度，以及他们希望着陆的坐标。没有陆上团队的协助，这一切都复杂得不可思议。宇航员们最终决定将返回舱瞄准得克萨斯大平原，那里气候温和，空间开阔，适宜降落，他们也希望能从休斯敦那里找到一些答案。这似乎是他们最好的选择——然而，这是两年来第一次，他们将分开行动。三个人着陆，两个人留驻。突然之间，他们的未来分道扬镳了。

会后，苏利去了“以太号”的穹顶，透过旋转着的羽状云层望下去，看到了绿意盎然的中美洲、泛着深蓝色波光的大西洋和北非的茶色沙漠。她在那里待了很久，看着大陆飞驰而过——久到可以看见太阳沿着朦胧的大气层边缘反复升降。也许留在这里才是最好的。也许她已不再属于那片土地了。她想起露西，想起她满脸阳光的笑容。想起杰克，想起离婚前的那个他——调皮捣蛋、忧郁聪明，也爱着她。她还想起琼，想起在她小时候，琼指着天空、星星、沙漠，向她介绍电磁波谱及其魔力。他们都是她的家人。她望着太阳升起后降落，降落后又升起，起起落落。当她第四次望着日出的光亮铺满昏黑的地球时，她放手了。在太平洋上空的某处，丝丝缕缕的粉色云朵飘荡在蓝色海洋的上空，她放下了自己的回忆和对未来的计划——让它们飘出穹顶，沉入大气层，与地球朦胧的蓝色外壳咝咝摩擦，而她，将再也无法回到那里。

那天晚上苏利回到离心舱时，其他人早就拉上隔帘，熄灭了阅读灯。这么多年来，她感到前所未有的轻松。她刷了牙，沿着离心舱的环形道走向自己的隔间，双脚轻声踩在地板上。经过哈珀的隔间时，她听到他翻身时被褥摩擦的声响，以及一听就知道是他的沮丧叹息声。她突然停下来，静静地站了一会儿，不是在思考，只是停顿了一下，然后转了个方向。她的双腿向前移动，她跟随着它们，在大脑还没来得及反对前，就钻进了他的隔间。在黑暗之中，她几乎看不见他的脸，但没有关系。她不需要看他的表情就知道他在想什么。这种联结曾让她心感不安，让她保持距离，但不再如此了——现在不一样了，这是她靠近他的最后一次机会。他挪了挪身子，让她躺在身边。她可以闻到他的气息：助眠麝香、遮掩汗臭的老香料牌除臭剂、抗菌肥皂、番茄植株的汁液，还有另一种她叫不出名字也形容不出来的香气，但她知道那是他的味道。

“嗨。”她低声说。

“嗨。”他把手放在她腰间，她把头靠在他的脸旁。他们在黑暗中望着彼此，尽管什么也看不见。她明白，是所有的一切，甚至包括挫败和孤独，让她来到这里——是曾经历过的一切让她做好了准备，教导并引导她来到这里。她感到一股暖意渐渐升起，从脚趾开始，流遍全身，仿佛一千扇门同时打开。她瞬间想起他们二人曾经设想过的蒙大拿州的房子，还有他的狗——在门廊上等候着的贝丝，这些她也放手了，和其他的一切一起放下了。此时此刻，包裹住她的只有这温暖、这敞开的心扉，一股渐渐舒展开来的安静直觉，以及从未被触及过的满满爱意。她靠近他，直到自己的嘴贴上他凸出的喉结。她用嘴唇感受他脉搏的跳动和喉结的起伏。他们没有说话，没有睡着，也没有移动，只是两具身躯彼此依偎，融化在温暖里，沉浸在共同的生命力中。

早晨，在模拟太阳升起前，苏利溜回自己的隔间睡下。在她半梦半醒时，听到有人起身活动的低语声，但她闭上眼睛继续睡觉。直到底比斯拉开她的隔帘，把手按在她的肩膀上，她才醒过来。

“我们必须讨论一些事情，”他说，“关于抽签。”

苏利揉了揉眼睛：“还有什么可讨论的？”

“很多，”他回答道，“你可以来一下吗？”

“等我穿上衣服。”

当她从自己的铺位爬出来，她意外地看到其他四个人已经集合了，默默地等在桌旁。她一脸困惑。

“我不太明白，”她说，跟他们一起坐下来，“这是怎么回事？”

底比斯十指交叉，下巴抵在紧紧交缠的指节上。“我会留在这儿，”他说，“留在‘以太号’上。留在空间站里。”

她环顾桌边的人，看到其他人都在看她。他们已经知道了。她看着哈珀。他点了点头。

“所以你是让我回去吗？”她问，“可是，伊万诺夫呢？”

伊万诺夫耸耸肩。“我也会留下来的，”他说，“我已经决定了。”

“可为什么呢？”她说，“你的家人——你比我们任何人都更想回去。”

他摇摇头：“我想要一切如初。但这不是我们可以选择的。关于下面，我们只知道一件事：它已经不是我们离开时的那个样子了。一切都变了。我的家人并没有在等我——现在没时间自欺欺人了。底比斯和我是最年长的。我们累了。我们是——你们是怎么说的来着——老东西了。”

苏利张嘴想说话，但什么也说不出来。底比斯伸手将她搂住。

“我们今天有很多事情要做，”哈珀说，“底比斯，请你检查一下‘联盟号’返回舱的密封装置。泰尔，我知道你忙着琢磨我们的返航轨道，所以，伊万诺夫，也许你能帮一下忙。今天结束前，我们一起演练一次模拟着陆，然后第二天早晨出发前，再模拟一次。我会检查‘联盟号’上的生存装备。苏利，你能最后再试一次通信系统吗？我有没有忘了什么？”

“我觉得没有，”泰尔说，“我们开始吧。”

大家离开后，苏利仍坐在桌旁，等着像沙尘暴一般席卷全身的思绪消停下来。她知道自己应该吃点东西，但吃不下去。她在口袋里放了一根蛋白质棒，留着之后吃，然后离开了空荡荡的离心舱。当她穿过出口，进入温室走廊后，发现哈珀在那儿等她，假装在检查植株的情况。

“你没事吧？”他问。

“没事，”她说，“只是很惊讶。有一点儿……我想，是害怕。”

“因为什么？”

“我猜是因为下面的情况。我本来已经决定放下一切了，你知道的，只想着吃饭，睡觉，每天看十五次日出，可现在——现在，一切都将改变。”

他抚摸她的手臂，握住她的胳膊肘。又是一阵暖意：那一千扇门又敞开了一点儿。他抬起手腕看表，那么一个简单的动作让她心乱如麻。她凝视他手臂上凸出的蓝色静脉紧贴皮肤，想象着再次感受他跳动的脉搏。

“我得走了，”他说，“有很多事要做。”

她点了点头，转过身去。“那是自然。”她说道。然后他离开了走廊。她在番茄植株前待了一会儿，思索着。她摘了其中一颗黄色的番茄，尝起来像是幸福的味道。

在通信舱内，她设置接收器进行扫描。她听着起起伏伏的静电声和大气干扰的呼呼声，想到明天这个时候，她要么已经在回地球的路上，要么已经在地球表面了——*如果一切进展顺利的话*，她这样提醒自己。她昨天感受到的那种轻松，那种放下她曾经历过的一切、所做过的决定和爱过的人所带来的自由已经消失不见，取而代之的是沉重。它像逐渐积聚的重力那样，慢慢潜回她的四肢。未来，几个小时前还如此美丽而空洞，现在却充满了未知的可能性。她那驻留太空的单调命运像一道流动的暗影那般消失了。她想到哈珀，昨晚苦乐参半的告别突然之间裂开缝隙，变成一种开端——这是一种未知而飘摇的状态。

她继续扫描着，希望那个在北极的男人能听到她的声音，但他们之间的频率已经好几天毫无回应了。与他交谈具有特别的意义——它能融化她，虽然只是一点点，但消融了自任务开始以来一直冰冻的那部分自己，甚或更久之前的自己：自从她意识到失去了家人，而他们从一开始就不属于自己。她与那个在北极的男人相隔如此遥远的距离，却还能维持这样似有似无的联络，这让她觉得，哪怕是稍纵即逝的东西，于悲伤而言也自有其分量。即使是只言片语，也自有其意义。除了大气干扰和白噪声外，接收器什么都没捕捉到。最终，她把设备全部关闭，最后一次飘回“微型地球”。

大家一起吃了一顿安静的晚餐。没人有心情说话。苏利很早就睡了，哈珀和底比斯则回到国际空间站处理着陆模拟事宜。泰尔和伊万诺夫最后一次一起打游戏。她关闭阅读灯，清醒地躺了许久，思考着。隔帘外，她听到伙伴们正在准备就寝：盥洗室的门开开合合，隔帘被轻轻地拉上，床褥发出沙沙的摩擦声。底比斯清了清嗓子，泰尔咳嗽了，伊万诺夫静静地啜泣着，哈珀则在书写日志。很容易辨别哪种声音属于哪个人，他们又分别在离心舱的哪个位置——但时间已经不多了，她提醒着自己。

那天晚上，她梦到自己飘浮在地球上空，没有穿太空服，也没有穿戴推进装置，只穿着那身藏蓝色的连身衣，衣袖绑在腰间，灰色 T 恤掖在衣服里。她转头望向国际空间站，看到穹顶那里簇拥着一张张脸，正望着她，向她挥手告别。她看到了黛维，她微笑着，棕色的手掌平贴在玻璃上。她看到露西坐在杰克的肩头。她看到了母亲，琼。大家都替她开心，所有人都祝福她。苏利转身，朝地球俯冲下去，在真空中加速，双手举过头顶，双脚绷直，准备像跳水运动员破开水面一般穿越大气层。她的身体变得温暖，继而滚烫，突然之间，她意识到自己燃烧起来，像一颗彗星划过天空那般刺破大气层。在砸向地面前，她惊醒过来，口干舌燥，脖颈酸痛。她看了看闹钟。时候到了。

~~~

“以太号”的五位宇航员聚集在仅剩的“联盟号”返回舱入口处。他们互相拥抱，在舱门处停留的时间，比平常所需的更长。最后，泰尔宣布，若要赶上返回窗口，最好现在就开始脱离程序。他进入舱内，将自己绑紧。哈珀最后一次与底比斯和伊万
~~~

诺夫握手，分别在他们耳边低语了几句。苏利犹豫着。她又拥抱了一下伊万诺夫，这是五分钟内第三个拥抱了，伊万诺夫则亲了亲她的脸颊。他们之间飘浮着一小滴一小滴的水——是眼泪，她不确定到底是谁的。她转向底比斯。

“你确定吗？”当他再次拥抱她时，她在他耳边低声问。

“当然。”他低声回答，然后轻轻地将她推进返回舱。

“一路平安，我的朋友们。”底比斯说道，伊万诺夫挥挥手，他们二人合力将舱门关闭。

苏利坐在哈珀左侧，将自己绑紧在剩下的座位上。他们听到门外舱体密封的声音，然后四下安静，只听得到他们自己身体发出的声响：焦灼的呼吸声、无处安放的四肢发出的声音。泰尔开始设置返回舱系统。他拿出返回程序手册，塞在双腿中间，对照着调校仪器。他有条不紊地进行着，直到确定一切准备就绪。泰尔拨下了面罩。

“我们出发吧。”他说。他按下一个按钮，苏利感觉到“联盟号”从对接端口滑出，轻轻地与之脱离。他们结束了一段旅程，又开始了下一段。泰尔将引擎启动了一小会儿，让他们与空间站脱离，移动到平行轨道上。然后，他再次启动引擎。这次启动的时间更长，使他们更加远离空间站，开始绕地飞行。他们下降得越来越低，直到以一个倾斜的角度撞入大气层。这一切都比苏利记忆中的更缓慢，她不停从小窗口望出去，确认他们的确在飞行。最后，泰尔分离了“联盟号”的轨道舱和仪表板组件。在返回舱内，他们可以感觉到上下的螺栓爆裂开来，使得“联盟号”的其他部件飞了出去。几分钟后，他们开始穿越更为厚实的大气层。窗外，等离子热流覆盖在玻璃上，热量使玻璃变得灰暗。重力攫住他们，一开始是缓慢积聚，而随着他们急剧下落穿过大气层，重力的影响越来越大。苏利开始担心他们成功不了——担心“联盟号”已经太久没用了，担心隔热罩会出故障，降落伞会打不开。她迫切渴望成功，迫切想知道接下来会发生什么。她想都没想就伸手抓住哈珀的手臂。泰尔正专心致志地使返回舱瞄准目的地，而哈珀则盯着她看。他翻开面罩，将戴着手套的手覆在她的手上。

“你没事吧？”他问道。第一个降落伞打开了，它发力猛烈，使得舱体来回晃动。在寂静无声的太空漂流过后，现在他们耳边的风声简直震耳欲聋。重力的拉扯力度越来越强，她几乎无法点头。过了一会儿，气流平息了，第二个降落伞也打开了，这次的拖曳较为温柔，降落也变得更为平稳。他们朝地表坠落。苏利感觉自己像是被一只巨大无垠的手掌托着、捧着。他们穿过大气层，风声逐渐减弱，肌肉中的恐惧终于逐渐退去。她已经准备好生存下去了——撞击地表，打开舱体——哪怕他们对即将抵达的世界一无所知，她也已准备好一探究竟。返回舱继续下坠，透过几乎全黑的窗户，她瞥见一抹天空，清澈而透蓝。即使一切终结，即使他们经过一路坎坷后现在就死去，那一抹天空让这一切都值了。他们回家了。她望向哈珀，而他依旧凝视着她，就在那一秒钟，她爱他，爱得超乎想象。那一千扇门，现在已经全然洞开了。

“艾莉丝。”他说。已经许久没有人这么叫她了，但她喜欢他呼唤这个名字时的声音。“很高兴你在我身边。”

她闭上双眼，为着陆冲击做好准备，期待再次听他呼唤她的名字。即使不能——

“我也是。”

# 致　谢

感谢我的代理人珍·盖茨，她倾听了一个不着边际、尚未成形的想法，且对此备感兴奋。她对我充满耐心，也很支持我。为了确保这本书找到合适的家，她完成了很多不可思议的工作。

感谢安娜·皮托尼亚克接受了这本书，她就是这本书的家。她用直觉、对故事的理解以及对细节的关注塑造了这个故事。

感谢在兰登书屋和扎克雷·舒斯特·哈姆斯沃斯代理社中每个经手此书的人。

感谢我的外国出版商，特别是在猎户星出版集团工作的英国编辑克里斯蒂·唐西施。

感谢丽萨·布鲁克斯，她一直是我的第一个读者。

感谢麦克·贝尔特，他是与我一同仰望天空的伙伴。

感谢查克·杜贝，是他激起我对无线电工程的兴趣，这也是一切想法的源头。

也感谢我所有的朋友、家人，是他们鼓励我，支持我，让我保持清醒。

感谢大家。

## 永夜漂流

[美] 莉莉 · 布鲁克斯-道尔顿 著
裘宁 译

**图书在版编目(CIP)数据**

永夜漂流 / (美) 莉莉 · 布鲁克斯 - 道尔顿著 ; 裘宁译. 一北京 : 北京联合出版公司 , 2018.6
ISBN 978-7-5596-1978-5

Ⅰ. ①永… Ⅱ. ①莉… ②裘… Ⅲ. ①长篇小说一美国一现代 Ⅳ. ① I712.45

中国版本图书馆CIP数据核字 (2018) 第075929 号

**Good Morning, Midnight**

by Lily Brooks-Dalton



北京市版权局著作权合同登记号 图字 : 01-2018-2549 号

选题策划 联合天际 · 任 菲
责任编辑 夏应鹏
特约编辑 任 菲 钱 卫
美术编辑 晓 园
封面设计 汐 和

UnRead
文艺家

出 版 北京联合出版公司
北京市西城区德外大街 83 号楼 9 层 100088
发 行 北京联合天畅发行公司
印 刷 三河市冀华印务有限公司
经 销 新华书店
字 数 157 千字
开 本 880 毫米 × 1230 毫米 1/32 8 印张
版 次 2018 年 6 月第 1 版 2018 年 6 月第 1 次印刷
I S B N 978-7-5596-1978-5
定 价 49.80 元

关注未读好书

未读 CLUB
会员服务平台